JN318172

おれがあいつであいつがおれで

山中 恒

角川文庫
14698

おれがあいつであいつがおれで　目次

もくじ

1　おれはあいつにあいたくなかった

〈六年三組・斉藤一夫《さいとうかずお》〉

　おれの教科書のうしろには、そう書いてある。……と、いっても、書いたのは、このおれだ。自分の教科書に、他人の名前を書くわけがないから、おれが、その〈斉藤一夫〉なのだ。

　なんだか、ややこしいことをいったが、ここがだいじなところなんで、ちゃんとおぼえておいてほしい。あとで、事件がおきて、こんがらかっても、おれのせいじゃないんだからな。

　まあ、〈斉藤一夫〉なんて名前は、たいして目立つ名前じゃないし、めずらしい名前でもない。春休みに、電話帳をめくってみたら、おれの住んでいる森野市《もりのし》だけでも、〈斉藤一夫〉が、二十三人もいた。若いのやら、おじいやら、中年やら、はげやら、でぶやら、やせやら、いろんな〈斉藤一夫〉がいるということだ。

職業だって、いろいろあるだろう。いまだって、めしを食ってるのやら、しゃっくりをしているのやら、くそをたれているのやら、いびきをかいているのやら、いろんな〈斉藤一夫〉がいるわけだ。

でも、森野市立第四小学校・六年三組の〈斉藤一夫〉は、この、おれ、ひとりだ。この、おれなのだ！

ちょっと、えらそうにいったけど、ほんとうは、おれがでかいつらをしているのは、ひとりでいるときくらいのものだ。教室でも、休み時間以外のときは、なるべく、目立たないようにしている。じまんじゃないけど、授業中、いっぺんも手をあげたことのない日だって、一日や二日じゃないんだ。つまり、その……なんというか、あんまり成績が、いいってことじゃないんだな。

特になかのよい友だちというのも、いるみたいな、いないみたいな……。とくいなことといったら、まあ、ミニカーの組立てと、ブタのなきまねくらいのものだな。

＊

六年生になって、まもなくのことだ。大野《おおの》光子《みつこ》先生が、転校生を連れて、教室へはいってきた。転校生は、女の子で、せたけも、おれぐらいのやつだった。

おれは、その子の顔を見たとき、

——あれえ？　こいつ、どこかで見たことのある顔だなあ——

と、思ったが、そのときは、思い出せなかった。

その転校生が自己紹介したら、みんなが、いっせいに、おれのほうを見てわらった。その女の子の名前が、なんと、おれと一字ちがいで、〈斉藤一美《かずみ》〉というんだ。そうしたら、その〈斉藤一美〉が、じいっと、おれを見ていったのだ。

「あの、もしかして、あんた、デベソの一夫ちゃんじゃない？　ほら！　あたしといっしょにねて、おねしょした一夫ちゃんでしょ」

おれは、ぶったまげて、とびあがった。そして、思い出したのだ。

むかし、この一美は、おれと、〈ひなぎく幼稚園〉で、いっしょだったことがあるのだ。おれは、この森野市に引っ越して来るまえに、東京の区内に住んでいた。そのとき、幼稚園で、おんなじ組だった。小学校は、それぞれ別の学校へあがったので、それっきり、一度も、会っていなかったのだ。

でも、おれは、考えた。もし、うっかり、「ああ、あのときの一美ちゃんかあ」なんていったら、やばいことになる。おれは、デベソで、オネショの〈一夫ちゃん〉にされてしまうのだ。

　おれは、そっぽをむいた。「ひとちがいだぞ！」という意味だ。

「そう？　へんねえ。おねしょして、パンツをぬらしたから、うちのママが、かわりに、あたしのパンツをはかせたら、あんた、うちへもどって、パンツをはきかえるのを忘れたもんで、トイレで、おしっこしようとして、チンチンが出てこないもんで、『チンチンがなくなったあ！』って、泣いたじゃない。ねえ、あの一夫ちゃんでしょ？」

　それを聞いて、クラスのやつらは、大よろこびだった。なかには、わらいすぎて、いすからおっこったやつもいる。一美は、幼稚園のときから、おしゃべりだったけど、ちっともかわっていない。

　おれは、どうしたものかと考えた。ここまできては「はい、その斉藤一夫です」なんて、とっても、いえやしない。おれは、強い意志をもって、首をふった。

　それなのに、一美のやつときたら、しつっこいったら、ありゃしねえ！　まだ、いいやがるじゃないか。

「とぼけないでよ！　あんたは、ひなぎく幼稚園のリス組にいた、斉藤一夫ちゃんだわ。ひるねからさめて、ねぼけて、ネコのプウスケのごはんをたべちゃった一夫ちゃんよ！」

「ちがうったら、ちがう！」

おれは、どなった。一美は、ちょっと、うらめしそうに、おれを見た。それから、小さな声で、

「ちがうわけないわ」

といって、うつむいた。それから、大きな涙を、ぽたぽたこぼした。

たしかに、一美のいうとおり、ちがうわけがない。おれだって、一美といっしょに、ふろへはいったあと、一美が一美のおふくろに、「ねえ、ママ、あたしも、こういうのがほしい。買ってきてえ！」なんて、おれのチンポコをひっぱったときの、あの、いたさを忘れたわけじゃない。

でも、いまは「おまえだって、こんなことをしたんじゃねえか！」とは、いえないのだ。たぶん、いいいいたしかゆしとは、こういうことをいうのだろう。

そうしたら、大野先生が、一美をなぐさめた。

「ひとちがい、ってこともあるわ。ひろい世の中ですもの、よくにたひとがいるものよ。それに、斉藤一夫というのも、よくある名前だし……。もしかして、あなた、その一夫君のことが、好きだったのかもしれないわね」

「そうなの。あたし、およめさんになるって、キスしたこともあるの……」

クラスのやつらは、「ウオーッ！」といった。さすがに先生も、あわてたようだった。でも、これはうそだ。おれには、そんなおぼえは、ないのだ。

おれは、一美の席が、おれのとなりにならないようにと、いのった。それなのに、大野光子の、ばかたれセンコウめ！　一美を、とうとう、おれの、となりの席へ、すわらせちめえやがった。

一美は、ニコニコして、おれのほうばっかり見やがる。おれは、ひっしで、シカト(無視)したのだ。

それなのに、一美のやつは、平気な顔をして、おれにいいやがった。

「ねえ、一夫ちゃん。パンツぬいでよ」

いうに、ことかいて、なんてえことをいうんだ！　おれは、あきれはてて、一美の顔をじろじろ見てやった。一美が、ものすごく、おしゃべりだということはしっていたけど、こんなにエッチなやつだとは、思わなかった。

そうしたら、一美がいうじゃないか。

「あたし、知ってんのよ。あんたのおしりのほっぺたに、ホクロが三つならんでいるのを……。ね、そうでしょ？」

「そんなこと知るか！」

　すると、一美は、あたりまえだっていう顔をして、いいやがった。

「そりゃそうね。せなかや、おしりに、目があるわけないもんね。でも、あたしは、知ってるのよ。ねえ、きょう、あんたんちへ、連れてってよ。そうすりゃ、あたし、あんたが、あの、斉藤一夫ちゃんだってことを、思い出させてあげるから……」

「いいかげんにしろよ！　おれは、そんなこと頼まねえよ」

「だって、あたし、気になるの。こんやは、そのことで、きっと、ねられないと思うの」

「そんなこたあ、おめえのかってだよ！」

「そんな、いじわるいわないでよ。大野先生だって、転校生に、親切にしてあげなさいって、いったじゃないの」

「ちぇっ！　転校生ってもんは、もうちょっと、おとなしくて、つつましくて、おどおどしてるもんだぞ。おめえなんか、なんだ、なれなれしすぎらぁ！」

「いいじゃないの。ずうっと昔からのお友だちなんですもの。それに、あの秘密のことは、まだ、だれにも、いっていないわ」

「ヒミツ？　なんの秘密だよ」

　おれは、びっくりして、一美の顔を見た。一美は、用心ぶかく、あたりを見まわして、おれの耳にそっとささやいたのだ。

「あんたが、うちのおばあちゃんを、殺したこと」

「ウワーオー！」

ほんとに、おれはとびあがった。しょうじき、あんまりびっくりしたので、しょんべんをもらしそうになった。

「トトトト……ハフハフハフ……フワワ……」

なにかをいおうと思っても、どきどきして、ことばにならないのだ。


そうだ。おれは、もう忘れていた。いや、忘れたことにしていたのだ。

あれは、小学校へあがる前の年の、秋のことだった。幼稚園からの帰り、おれは、まっすぐ、一美の家へ、あそびにいった。そうしたら、いつも幼稚園のバスのとまるところに、一美のママがいなかった。それで、そのまま、一美の家へいったら、家には、おばあちゃんが、ひとりっきりで、えんがわの、籐《とう》いすで、大きな口を開けて、ねていた。見ると、大きなハエが、おばあちゃんの口から、出たりはいったりしていた。

一美は、いっしょうけんめい、おばあちゃんをおこそうとした。でも、おばあちゃんは、おきなかった。そこで、こんどは、おばあちゃんの口をしめようとした。でも、しまらない。

「ねえ、どうしたらいい？　ハエがはいって、きたないのに……」

っていうから、おれが、

「あ、いいことがある」

って、えんがわにおいてあった、殺虫剤のスプレーを、おばあちゃんの、口の中へ、プワーッとやった。

それから、ふたりで、庭へ出て、ブランコであそんでいたら、一美のママがやってきて、あおい顔をして、おれをよんで、たったいま、おばあちゃんがなくなったから、またこのつぎ、あそびに来てちょうだいっていった。

それから、おれは、迎えに来たおふくろに連れられて帰ったのだ。

一週間ばかりして、はじめて幼稚園へ来た一美が、おれにいったのだ。

「あんたが、殺虫剤のませたから、おばあちゃんが死んじゃったのよ。でも、これはヒミツ。だれにも、いわないからね」

おれは、ものすごく、おっかなくなって、その日、そのまま、幼稚園から、逃げ帰ったのだ。

おれは、そのことを忘れようと思って、ずうっと、努力してきた。そして、忘れたつもりだった。

だが、そのことは、ずうっと、どこかにひっかかったままだった。たぶん、そのこと、関係があるんだろうが、どういうわけか、おれは、ハエがいやだった。もっとも、ハエなんか、好きなやつは、いないだろうが、おれのは、はげしいのだ。教室にハエがはいって来たりすると、そのハエが気になって、授業のことなんか、そっちのけになってしまう。給食にハエがたかったりしたら、絶対に、その給食が、食えなくなってしまう。自分でも、その理由が、わからなかった。

それから、もうひとつ、おれは、絶対に殺虫剤にさわらない。さわるのが、なんとなくいやだった。うっかりさわったときは、それこそ、三十分も、手を洗わないと、気持ちがおちつかなかった。

だが、いま、その理由が、はっきりとわかった。

おれは、マッツァオになってしまった。おれは、そっと、一美の顔を見た。はっきりいって、一美は、このクラスの中じゃ、まあ、美人だろうと思う。目もぱっちりして、まつ毛も長い。胸も、ちょうどよいかげんに、出ているし、足もすらっと長い。

でも、おれには、にくたらしい、オニババに見えた。

「だだだだだ……から、どどどどうだって、いうんだよ！」

「べつに。ただ、昔のように、お友だちに、なりたいっていうこと……」

「よ、よ、よせ、よせよ。ととと友だちなら、ほほほほかにつくれよ。お、お、おれより、ずずずずうっといいのが、いっぱいいらあ！　お、お、おれなんか、てててんで、だだだめな、やつなんだぞ！」

「そんなこといったって、あたし、ほかの人のこと、知らないんですもの」

「お、お、おれおれ、おれは、お、お、おめえのことは知らねえよ」

おれは、この期におよんで、まだ、シラを切ることにした。どっちみち、ばれることは、わかっていたけど。おれ、いつか大野先生が、社会科の時間に、「殺人罪は、時効になるまで二十五年」という話をしたのを、おぼえている。どういうわけか、おぼえている。きっと、おれの心のおくのほうに、あの事件のことがあったからにちがいない。

「ふふふ。あんたが知らないといっても、あんたのママに会えば、いっぺんにわかるわよ。あたし、幼稚園のとき、あんたのママと約束したんですもの。大きくなったら、あんたのおよめさんにしてもらうって……。ふふふ」

みんなが、おれたちのほうを見て、にやにやした。佐久井《さくい》健治《けんじ》なんか、みんなに、聞こえよがしにどなった。

「ソウダッタノヨ。斉藤チャンハ、ヤッパリ、デベソデ、オネショデ、チンポコガナクナッチャッタノヨ！」

みんなは、大わらいしたが、おれはもう、それどころじゃなかった。あれから、まだ、六年しかたっていないのだ。時効というやつにかかるには、まだ、十九年もあるのだ。それにしても、とんでもないやつが、転校してきたものだ。おれは、このさき、どうなるのかと考えたら、それこそ、死にたくなってしまった。

しかし、このおしゃべりの一美が、あのことをしゃべっていないというのは、よっぽど、おれのことを思っていたからにちがいない。

おれは、そのとき、思い出した。

まだ、あのあとがあったのだ。おれが、一美のおばあちゃんの口の中へ、殺虫剤をシューッとやったあと、おばあちゃんの口が、あきっぱなしなので、一美が、おばあちゃんの口を、しめるんだといって、ダルマおとしの、木のトンカチで、おばあちゃんのあごのさきを、ぱちんと、ひっぱたいたのだ。おれは、あのときの「カクッ」という、いやな音まで思い出した。そうなのだ。もしかすると、そのときに、おばあちゃんは、はずみで、舌をかんでしまったのかもしれないのだ。

――そうだ！　だから、一美のやつは、秘密にして、いままで、そのことをだれにもいわなかったんだ――

そう思ったら、おれは、きゅうに、すうっと、気がかるくなった。でも、いまは、そのことを一美にいう気には、ならなかった。

それなのに、一美のやつは、授業の終わったあと、おれんちへ行くから、連れて行けといいだした。おれは、へんじをしなかった。

「いいのよ。あんたが連れてってくれなくても、ほかのひとに聞いて、行きますからね」

「へーだ！　学校の帰りに、まわり道は、よくねえ！」

なんだか、おれらしくもない、いい方だったが、これもしかたがない。ほかに、うまいことばが見つからなかったのだ。そうしたら、一美のやつは、けろっとして、いいやがった。

「さっき、職員室のわきの、公衆電話で、ママに話をして、OKとったのよ。おあいにくさま。ママも、とってもなつかしがって、あんたや、あんたのママにもよろしくって……。『いずれ、落ちつきましたら、ごあいさつに、うかがいます』って、いってたわ」

ほんとに、なんて、ぬけめのないやつなんだろう。おれが幼稚園のとき、こんなやつのことを好きだったなんて、信じられないくらいだった。そして、おれは、なんとか、こいつと、大げんかして、絶交しようと、心にきめたのだ。

おれは、一美をまったく無視して、教室を出た。一美は、おれを追いかけてきて、げた箱のところで、わめいた。いや。あれは、わめいたんじゃなくて、歌ったみたいだった。

「ねえねえねえ、一夫ちゃん！　あたしも行くの。ねえ！　行くの！　行くの！　行くの！　行くんだわあ！」

おれは、あきれかえってしまった。

──ちえっ！　行きたきゃ、かってにどこへでも行きやがれ！……それにしても、なにも、わざわざ歌うことはないだろうに。もしかすると、こいつ、頭の中のネジが、どれかひとつ、反対についてるんじゃねえのかな？──

おれは、本気で、そう思った。なるべくなら、こんなやつと、かかわりをもたないほうが、世の中は、ぶじにすごせるのだ。だが、もう、手おくれだった。クラスのオスガキどもが、みんな、おもしろがって、にたにたして、おれを見ていた。いや、オスガキだけじゃない、メスガキも、「いやぁねえ！」というような顔で、一美とおれを見くらべていた。

おれは、運動場へとび出した。と、一美もとび出して、おれとぴたりとならんで、はしりだした。おれがとまると、一美もとまる。おれがあるきだすと、一美もあるきだす。しかも、そのあとには、クラスの連中が、ぞろぞろついてくる。

おれは、また、きゅうにとまった。一美は、ちょっと、とまりそこなって、一、二歩、おれより先に出た。おれは、すかさず、ピヤッと、一美のスカートをめくってやった。

ふつう、そんなことをされたら、女の子は、「キャーッ！」とか「ヒィーッ！」とかいって、地面にしゃがみこむものなのに、あいつは、平気でいいやがった。

「あんた、また、あたしのパンツをはきたいの？　なんだったら、一まいかしてあげてもいいのよ。あたし、きょう、二まい重ねて、はいているんだわあ！」

そして、こともあろうに、みんなの見ているまえで、重ねているという、上のパンツをぬごうとしやがった。

「おめえ、はずかしいってこと、しらねえのか？」

あんまり、おれらしくないいい方だったけど、とにかく、ショックをあたえてやるつもりで、そういった。そうしたら、一美のやつが、ぬかしやがった。

「ばかねえ！　はずかしいのは、あんたでしょ？　あたしのパンツを、はきたがったりして！」

「ば、ば、ばか！　いつ、おれが、そんなこといった！」

「なにいってんのよ。そんな目つきで、あたしのスカートを、めくったんじゃないの」

これは、とっても、かなわない。おれは、もう、あとも見ずに、全速力でかけだして、校門を出た。そして、息のつづくかぎり、はしった。ほかには、あまり、とりえはないが、かけっこには、自信がある。そのおれが、うしろをふりかえりもせずに、むちゅうではしったのだ。もちろん、しょうじきに、じぶんの家の方角へなんか、向かわなかった。とにかく、きょうは、もう、二度と、あいつの顔だけは、見たくないと思ったのだ。

2　あいつのへやのあいつのベッドで

学校を出て、いつもなら、左へ行くのに、おれは、右へはしって、さらに、右へまがって、坂道をかけおりた。それから、左の細い道へはいって、ひと息ついた。

そこは、ついこのあいだまで、「身がわり地蔵の森」と、よばれていたところだ。この「身がわり地蔵」というのは、昔、悪いものに追いかけられた娘が、地蔵堂へとびこんだら、お地蔵さんが、その娘の姿にばけて、森の中へかけこんだので、悪ものは、それを娘と思って、追いかけた。そのすきに、娘は逃げて、助かったという、いいつたえのあるお地蔵さんだ。

ところが、来てみておどろいた。

そんな「身がわり地蔵の森」なんて、消えていた。たしかに、道のわきには、地蔵堂があって、中に、お地蔵さんはあったが、森はあとかたもなくなり、あたりには、建売り住宅がならんでいた。
「こりゃ、たまげたなあ！　去年の春、写生に来たときは、まだ森があったのにな
あ」
でも、のんびりと、感心してもいられない。もしかすると、一美が追いかけて来る
かもしれないのだ。
おれは、なんだか、昔、悪ものに追いかけられたという娘になったような気分だっ
た。いっそ、お地蔵さんが、おれの身がわりになってくれて、おれのかわりに、はし
ってくれないかなあ……などと考えた。
おれは、いま来た、道をふりかえってみた。さいわい、一美の姿はなかった。
「やれやれ」
おれは、ひと息いれようと、地蔵堂の縁《えん》に腰をおろした。と、おれの頭の上のほう
から、声がした。
「一夫ちゃん！　よく、あたしのうちが、ここだってことが、わかったわね」
なんと、地蔵堂のうしろの、ま新しい石垣の上のフェンスのところから、あいつが
見おろしていたのだ。ほんとに、おれは、もう、自分のまぬけぶりに、あきれかえっ
てしまった。

そんな、おれの気持ちもしらずに、あいつは、

「いま、そっちへ降りて行くから、待っててねえ！」

と、うれしそうにいった。

――あんちきしょうめ！　どうするか、おぼえていろよ――

おれは、なにくわぬ顔をして、あいつが、地蔵堂へ近づくのを待った。そして、目の前まできたとき、おれは、地蔵堂の縁から、とびおりるようにして、全身の力で、あいつに、体当たりをくらわしてやった。

でも、それがいけなかった。おれは、それこそ、石の地蔵さんにでも、体当たりしたみたいな、ひどいショックを受けて、まともに、でんぐりかえって、脳天《のうてん》を、したたか地蔵堂の縁にうって、それっきり、なにがなんだか、わけがわからなくなってしまった。

＊

気がついたとき、おれは、見知らぬ家の、見知らぬへやの、ベッドにねかされていた。

――あれ？　もしかすると……――

まちがいなかった。そこは、斉藤一美の家の、一美のへやだったのだ。つくえの上

には、あいつの名ふだのついた、手さげがあったし、横にぶらさがっている、体育着のふくろにも、あいつの名前が、書いてあった。

——まてよ、ことによると、あいつ、おれに、花がらのパンツを、はかせたかもしれないぞ！——

おれの、いやな予感は、あたっていた。花がらのパンツどころか、あいつのオレンジ色のスカートまで、はかされていたのだ。

——やりやがったな！——

おれは、とびおきた。それから、自分の服や、かばんをさがした。どこにもない！整理ダンスや、洋服ダンスの中のものは、どれもこれも、一美のものだった。

おれは、もう、むちゅうで、一美の家をとび出した。さいわい、あたりは、うす暗くなっていたのと、あまり人どおりがなかったから、よかったものの、男の子が、スカートなんかはいてるのなんて、どう考えても、かっこういいものじゃない。

おれは、また、全速力で、わが家へかけもどった。

「まったく、きょうは、なんて日なんだ。一日中、かけずりまわされてるじゃないか。これというのも、あいつのおかげだ。こんど会ったら、ものもいわねえで、いきなり、ぶっとばしてやるからな！」

それにしても、スカートというやつは、なんとも、たよりなかった。しりっぺたのほうから、すうすう、風がとおりぬけてやがる。

「ただいまっ！」

どうしたわけか、おれは、へんにかん高い声を出してしまった。ダイニング・ルームにいたおふくろが、けげんそうな顔をして、出てきた。おれは、いつものように、おふくろをつきぬけて、自分のへやへ、はいろうとした。

すると、おふくろが、いきなり、おれのうでをつかんでいった。

「あなた、だれなの？」

「ああっ？　だれなのって、よく見てくれよ。こんな、スカートくらいで、見まちがえるなよ」

そのときも、のどに、なにかつかえているのか、かん高い声が出てしまったが、おれは、かまわず、おふくろのうでを、ふりはらって、自分のへやへとびこむと、整理ダンスの引き出しを、ひっぱり出した。自分の服と、着がえようと思ったのだ。

すると、うしろに立って、見ていたおふくろが、おっそろしい金切り声を出した。

「かってに、ひとのうちへはいりこんで、なにするのよ！」

さすがに、おれも、おふくろのけんまくに、びっくりして、おふくろの顔を見てしまった。おふくろの顔は、あおくなって、目の下が、ひくひくと、こまかくふるえていた。

「ママ。いくらなんでも、そりゃないだろう？　スカート一まいで、自分のむすこを見まちがえるなんて、あんまりというもんだよ」

おれは、なんども、せきばらいしたが、声の調子は、なおらなかった。おふくろは、じいっと、おれの顔を見た。そして、ゆっくりといった。

「あのね、おばさんはね、あなたを、どうこうしようというんじゃないのよ……」

おれは、あきれた。おふくろが、自分のむすこにむかって、自分のことを〈おばさん〉だなんて、いってるのだ。

「わかりましたよ、オバサン。それで……」

おれは、おふくろをからかってやった。ところが、おふくろは、わらうどころか、ろこつに、いやな顔をした。だから、おれは、わらってやった。するとおふくろは、目をつりあげて、ぶるぶるふるえだした。

「い、い、い、いいかげんにしないと、ケ、ケ、ケ、警察をよびますからね！」

おふくろは、泣き声を出した。おれは、おふくろが、なんかのショックで、記憶喪失とかいう、頭の病気になったのだと思った。

——そういえば、たしかに、おふくろの目つきは、知らない人でも、見るような目つきをしている。とんでもないことになったなあ——

そこで、おれは、やさしく、おふくろにいった。

「ママ、落ちついて、しっかり、ぼくの顔を見てくれよ。ね。ぼくは、ママのむすこの、斉藤一夫だろ？　わかる？」

「ふざけないで！　あなたが、あたしのむすこのわけはないでしょ。あなたは、女の子じゃありませんか！」

「エエッ？」

「とにかく、あなたは、うちのむすこじゃありません。うちのむすこかどうか、鏡を見て、よーく、たしかめてほしいわ」

——おかしなことをいう、おふくろだなあ——

おれは、そう思って、洋服ダンスのとびらをひらいた。そのとびらのうらがわに、大きな鏡が、ついているのだ。

だが、その鏡を見たおれは、思わず、どなってしまった。

「いいかげんにしねえか！　このバカヤ……」

おれは、はっとして、息をのんだ。鏡には、あの憎い、斉藤一美がうつっていた。

にもかかわらず、おれの姿がなかった。そして、なにかいったのも、斉藤一美だったのである。おれは、あわてて、鏡の中の、あちこちをのぞきこんだ。ない！　おれの姿は、どこにもないのだ！

――と、いうことは、この、おれが、斉藤一美ということなのだ――

おれは、首をひねった。鏡の中の斉藤一美も首をひねった。

――そんな、ばかな！　それじゃ、鏡にうつっている女の子を、斉藤一美だと知っているおれ、斉藤一夫のおれは、どこへ消えちまったんだよ――

「ママ！　いいかい、ここにうつっているおれは、ほんとのおれじゃないんだ。こいつは、斉藤一美なんだ。ほら、おれが〈ひなぎく幼稚園〉に行ってたときに、いっしょの組だった斉藤一美なんだよ。でも、おれは、ほんとうは、斉藤一夫なんだ」

「まあ！　そうだったの？」

そういうと、おふくろは、はじけるようにわらいだした。

「わかったわ。どうも、どこかで見たことのある顔だと思ったら、あの一美ちゃんなのね。そういえば、昔のおもかげがあるわ。でも、ほんとうに、いいおじょうさんになって。これじゃあ、道で会っても、わからないわよ。おほほほ……、そうよ、そうよ。あなたは、昔っから、ちゃめっけがあって、よーく、おどろかされたものよ。一夫ちゃんみたいな、男の子になりたいなんて、いったりして。おほほほ……」

とにかく、いったい、どういうことになったのか、おれは、おふくろの、反応を見ながら、ゆっくり、おれの身の上におきたことを、考えることにした。

おふくろは、どうやら、おれのことを、頭から〈斉藤一美〉ときめこんでしまったらしく、おれを、ダイニング・ルームへひっぱって行き、いすに、腰をおろさせた。そして、ココアだの、ビスケットだのを出して、おれにすすめた。

「それにしても、あなた、よく、ここがわかったわねえ。あら？　もしかして、一夫に聞いたんじゃないの」

「…………」

「それにしても、一夫ったら、おかしな子ねえ。あなたを家へよんでおきながら、自分は、まだ、外でうろうろしているなんて、でも、ちょっと、おそいわね。いつもなら、とっくに帰ってきてる時間なのよ。あなた、どこで一夫に会ったの？」

そこまでいって、おふくろは、困ったように、おれから、目をそらせた。そして、いいにくそうに、いった。

「ねえ一美ちゃん、よけいなことをいうようだけど、昔なじみということで、聞いてちょうだい。ね、一美ちゃん。あなた、六年生になったら、もうレディなのよ。わかるわね。だったら、もう、そういう、かっこうだけは、しないものよ」

そういわれて、おれは、なにげなく、自分の下半身を見た。しょうじき、おれまで、なんだか、はずかしいみたいな、へんな気分になった。おれは、いつものくせで、いすの上に、大あぐらをかいていたのだ。スカートはめくれて、ふとももが、むきだしになっているだけでなく、公明正大に、花がらのパンツをのぞかせて、またをおっぴろげていたのだ。おれは、あわてて、すわりなおした。

「だから、着がえようと、思ったのに……」

「でも、あなた。一夫のもってるのは、みんな男ものよ」

「それでもいいんだけど……」

「あら、そう？　じゃ、どうぞ。わかるわね、さっきのへやの整理ダンスに、一夫のものがはいってるわ。どれでも、好きなものを、かしてあげるわよ」

おれは、大いそぎで、自分のへやへとびこむと、整理ダンスから、ランニングシャツと、ブリーフと、ジーンズの半ズボンと、うすでのスポーツシャツを出して、着がえようとした。そして、上半身、はだかになって、ひょいと胸のあたりを見て、高圧電流にふれたみたいに、とびあがった。

——ガアーッ！　お、お、おっぱいがふくらんでる！　えれえこっちゃ！——

おれは、おもわず、両手で、おっぱいをつかんで、もみほぐそうとした。

「いてて……」

これは、一時的にできた、はれものではないのだ。メリケン粉のだんごや、ねん土とちがって、もみほぐしたからって、ぺたんこになるものではないのだ。

——ことによると、あれは……——

おれは、目をつぶって、おそるおそる、手を下半身へずらしていき、パンツの中へいれた。

「グワーッ！　ない！　ない！　ないっ！」

とんでもないことになった。おれのだいじな、チンポコが、なくなってしまったのだ。

——えらいこっちゃ！　こりゃいったい、どうしたら、いいんだ！——

これは、おれのからだではない。斉藤一美の、からだなのだ。おれは、大いそぎで、着がえた。でも、よく考えてみたら、むりに着がえることもないのだ。そこでまた、もとの服に着がえた。さっき、力いっぱい、もみほぐそうとしたせいか、胸がいたくて、その上おっぱいの先っちょが、ひりひりした。

——まてよ。おれが斉藤一美のからだに、入れかわってしまったということは、斉藤一美が、おれのからだに、はいりこんじまったということだ。こりゃ、こんなところに、ぐずぐずしちゃいられないぞ。とにかく、あいつに会って、なんとかしなくちゃ！――

「ママ、おれ、ちょっと、一美の家へ、行ってくらあ！」

おれは、そのまま、外へとび出すと、玄関のわきに、立てかけてあった、自転車にとびのって、斉藤一美の家へ、すっとんで行った。

そして、玄関のブザーを押そうと思ったら、庭のほうから、どこかやぶけたみたいな、大きな泣き声が聞こえた。おれは、そっと、庭へまわりこんで見た。

――ありゃ！　こりゃ、どうなっちゃってんだ！――

あきれたことに、庭に面した、応接室のソファで、おれが泣いている。それも、はずかしいほど、ばかでかい声で、しかも、手ばなしで、泣いているのだ。

おれは、思わず、庭に面したガラス戸を開けると、どなりつけた。

「バカヤロ！　みっともねえじゃんか！　いいかげんに、泣くのをやめねえかよ！」

すると、ソファで泣いていた、おれが、立ちあがった。いや！　ここのところが、むずかしくて、ややこしいのだ。つまり、おれになった一美が、立ちあがったのだ。

そして、いきなり、おれに……つまり、一美になったおれに、とびついて来て、いいやがった。

「ああ、あたしだわ！　あたしだわ！　一美の一美だわ！」

おれは、さむけがした。オスガキの声で、「ああ、あたしだわ！　あたしだわ……」なんていわれて、なぜくりまわされたら、へんなもんだ。

「やめろよ！」

おれは、一美を……いや、一夫になった一美をつきとばした。

すると、おれは、どなられた。

「一美！　らんぼうはよしなさい！」

みると、一美のおふくろだった。幼稚園のときに会って以来だから、六年ぶりだけど、一美のおふくろは、あまりかわっていなかった。

「あ、おばさん、しばらくでした。お元気ですか？　ああ、おばさんは、うちのおふくろにくらべてみると、かわってないなあ。うちのおふくろときたら、ずいぶん、デブになりましたよ」

おれは、にこにこして、あいさつした。とたんに、一美のおふくろは、宙をとぶようないきおいで、すっとんで来ると、いやというほど、おれのほっぺたをはりとばした。

「悪ふざけも、いいかげんにしなさい！」

おれは、ぶったまげた。こちらがちゃんと、礼儀正しく、あいさつしたのに、ほっぺたをはりとばすなんて、人間の道に、はずれてるんじゃないかと思った。そして、いっしゅん、これは「悪い夢をみているんだ」と思った。けれども、夢でない証拠に、はりとばされたほっぺたは、ひりひりと痛んだ。

「おい、一美！」

おれは、ソファでべそをかいている一美……つまり、おれになってしまった一美にいってやった。

「おめえのおふくろさんて、顔ににあわず、おっそろしい女だなあ！」

「いいかげんにしたら、どうなの！」

一美のおふくろは、またもや、おれにとびかかろうとした。おれは、そうそう、ひっぱたかれちゃたまらないから、とびのいて、身をかわし、庭へとび出し、玄関へまわり、自転車にとびのった。

「まちなさいっ！」

庭の外灯に照らされて、ハンニャみたいな顔をした一美のおふくろが、おれを追いかけて来た。つづいて一美が、泣きながら、とび出して来た。

おれは、むちゅうで自転車をこいで、安全なところまで、逃げ出すと、自転車をとめて、様子を見た。一美のおふくろは、あきらめたらしく、門へはいるのが見えたが、一美は、わあわあ泣きながら、はしって来た。

「一夫君、あたし、どうしたらいいの？」

しゃくりあげながら、一美がいった。

「そんなこと、おれにもわからねえよ！　とにかく、おれと、おめえがいれかわっちまったことしか、わからねえんだよ」

「ママったら、あたしのことを、『早く、自分のうちへ、お帰りなさい』って、いうのよ」

「そりゃ、そういうだろうなあ」

「そんなこといわれたって、あたしは、あんたんちを知らないのよ」

「ああ、そうか。よし、それじゃ、おれがつれてってやるから、自転車のけつにのれよ」

一美が、おっかなびっくり、うしろの荷台へ横がけにのった。

「そうじゃない。荷台をまたいで、しっかりおれにつかまれよ」

一美は、荷台をまたいで、うしろから、おれの胸に手をまわした。

「おい！　よせよ。おっぱいの先っちょが、ひりひりするんだ。下のほうへ、手をやってくれよ！」

とたんに一美のやつが、うしろから、おれの背中を、バシッとひっぱたいた。

「一夫のエッチ！　あんた、あたしの胸をいじったのね！」

「ちょっとまて！　あたしの胸だと？　そりゃ、もとはといえば、おめえの胸かもしれねえけど、いまは、おれにとっついてんだぞ。こんなもん、ほしきゃ、おめえにやらあ。そのかわりに、ちゃんと、チンポコをかえせ！」

「エッチ、バカ！　チカン！　ヘンタイ！　アホッ！」

そういいながら、一美は、おれの背中を、めちゃくちゃになぐりつけた。

「おい、おとなしくのってろよ。はしれやしねえじゃねえか！」

おれは、ペダルをふんで、ふらふらしながら、はしりだした。おれの背中で、一美は、おとなしくなった。おれの背中が、へんにあつくなった。一美が、おれの背中へ、顔をおしつけて、泣いていたのだ。

でも、泣きたいのは、おれだって、同じだ！

3　おれのものをかってにいじくるな

おれは、自転車のうしろの荷台へ、一美をのせて、夜道をつっぱしった。

でも、ひどく、へんな気持ちだった。一美を、おれの家へ送りこんだら、おれは、どこへ行けばいいのだ！

ぷうーんと、スモモの花のにおいがして、おれの、はなっ先を、白い花がかすめた。と、むこうからやって来た、自転車が、おれたちの前で、急ブレーキをかけた。警官だった。

「こらこら、女の子が、ふたり乗りなんかして、だめじゃないか」

「だって、あの、こいつのおふくろが、死にそうなんだもん」

おれは、口からでまかせをいった。

「しょうがないなあ！　気をつけて行きなよ。本来なら、許さないところだが、しかたがない」

　警官が、にっこりわらっていった。おれは、ちょっとへんだと思ったが、オスのおとなは、女の子にやさしいのを思い出した。そこで、おれは、せいいっぱい、おあいそわらいをして、

「おまわりさん、どうもありがとう！」

といってやった。警官は、にこにこして、早く行けと合図した。

——そうか、いざとなったら、この手を使えばいいんだな——

　おれはひとつ勉強した。

「さて、ここが、おれんちなんだけど、どうする？」

　おれは、門の前で、自転車をとめて、一美にきいた。

「どうしたらいいの？」

　一美は、心細そうな声を出した。

「こんなとこで、もたもたやってても、しょうがないよ。とにかく、なかへはいって、相談しようや」

　おれが、よびりんを押すと、おふくろが出て来た。おふくろは、一美を見ると、

「ちょっとお！　こんなおそくまで、どこをうろついてたのよ！」

と、とんがらかった声を出した。

「よせよ、ママ！　ちがうんだよ。いいかい？　そっちが一美で、一夫は、こっちなの」

おれが、教えてやった。おふくろは、おれの顔を見ると、困ったようなわらい方をしていった。

「ねえ、一美さん。悪ふざけは、もう終わりにしましょうよ。ね、もうこんなに暗くなってるんですから、あなたも、おうちへお帰りなさい。おうちの方だって、きっと心配なさっているわよ」

「そうじゃないってば！」

おれは、ひっしになって、説明しようとした。そのとき、一美が泣きだして、玄関にしゃがみこんでしまった。

「一夫！　どうしたの？　一夫！」

「ちがうんだよ。そいつは、一美なんだってば！」

すると、おふくろは、キッとなって、おれをにらんだ。

「一美さん。悪いけど、今夜は、帰ってくださいね！」

そういうと、おふくろは、いきなり、おれのはなっ先で、バシーンと、玄関のドアをしめてしまった。

そうなのだ。おれのからだが、一美になってしまった以上、おれは、一美の家へ、帰るしか、方法がないのだ。

——でも、また、ひっぱたかれるのは、いやだなあ！　一美のおふくろが、あんな、ものすごい女だとは思いもしなかったなあ——

だけど、おれは、もう、はらぺこだった。しかたがない。おれは、自転車にのって、一美の家へむかった。

一美の家のそばの、バス停のところで、おれは、見知らぬ、若い男に声をかけられた。

「おい、一美！」

おれは、自転車をとめて、街灯の光に照らされている相手を見た。服装からすると、高校生みたいな感じだった。

「なんだ、おい、その目つきは。自分の兄妹《きょうだい》の顔も、忘れちまったのか？」

そうだ。そういえば、あのころ、小学校へ行っているおにいちゃんが、ふたりいたはずだった。

「ああ、じゃあ、あのおにいさんかい？」

「おいおい、おにいさんかいは、ないだろう。それより、その自転車は、どうしたんだ」

「これ？　これは、その、あの……サーサイ、斉藤一夫君……ほら、〈ひなぎく幼稚園〉のときの、斉藤一夫君から、かりてきたん……」

おれは、はっと気がついて、息をのみこんだ。なんだか、女ことばを使うのがてれくさかったのだ。

「そうか、よし、おれがのせてやる」

一美の兄きは、いきなり自転車のハンドルをとった。おれは、さからわず、うしろの荷台へまたがった。と、兄きは、そのままの姿勢で、首をひねった。

「おい、一美。おまえ、いつから自転車にのれるようになったんだ？」

「え？　ああ、きょうから……」

「へええ。そいつあ、よかったな」

自転車にのっけてくれるといっても、家はすぐそこだった。

家の前で、自転車の荷台から、とびおりたのはいいけど、おれは、どうしたものかと、とほうにくれてしまった。

「なにやってんだ。おかしなやっちゃなあ」

一美の兄きがいった。

「なんか、ぐあいの悪いことでもあるのか？」

「うん……」

「へえ。一美としたことが、めずらしいじゃないか。よし、おれにまかしとけ」

玄関のドアをあけると、一美の兄きが、大声でどなった。

「ママ！　そこで、一美をひろって来たよ！　なにしたか知らないけど、許してやってよ！」

出て来た一美のおふくろは、まだ、ぷりぷりしていたが、おれが、だまって、うなだれていたら、

「さ、早く、手を洗って、食堂へ行きなさい」

と、いってくれた。でも、おれは、どこで手を洗うのか、わからないので、兄きのあとに、ついて行くことにした。

「おい！　おまえのへやは、一階だろ？」

「うん、手を洗うの」

「なにいってんだ。洗いに行けばいいじゃないか」

おれは、あちこちうろうろして、ようやく、手洗いを見つけ、手を洗って、ダイニ

ング・ルームへたどりついた。そこに、またひとり、中学生くらいの兄きがいて、テレビを見ていた。どうやら、これが、一美の二番目の兄きらしかった。おれは、その兄きと目があったので、「こんにちは」という意味で、ぺこっと、頭をさげた。

するとその兄きが、けげんな顔をした。

「一美、おまえ、いまなにやった？」

「なにって、おじぎ……」

「へんなやつだなあ。自分の兄きに、おじぎするって、どういうことだ？」

おれは、うろたえて、まっかになった。

「あれえ！　こいつ、てれて、赤くなってるぞ」

おれは、息をころしていた。

テーブルの上には、トリ肉、ネギ、白菜、それにシイタケなどのはいった、中華風のいためものと、トウフの味噌汁《みそしる》がのっていた。

二階から、おりてきた、上の兄きがいった。

「ママ、一美のやつ、いつのまにか、自転車にのれるように、なってんだぜ」

「ええ、知ってます。そればかりじゃなくて、まるで、男の子みたいな、らんぼうな口をきいたり、悪ふざけして、しつこくママをからかったりして、ひどいものだったわ」

「へぇえ！　一美が？」

兄きたちが、あきれたように、おれの顔を見た。

「さ、パパはおそくなるから、先にいただきましょう」

「いただきまーす」

おれは、ひどく腹がへっていたので、がつがつ食った。ふと気がついたら、みんな食うのをやめて、おれのほうをじっと見ていた。

――あれ？　顔に、めしつぶでも、ついているのかな？――

おれは、そっと、口のまわりをなぜまわした。べつに、めしつぶなんか、ついていなかった。

「なに？」

おれは、一美のおふくろに聞いた。

「なにじゃないでしょう。一美。ママはね、あんたが、おしゃべりをしなくなり、シイタケまで、ちゃんと食べるようになってくれたことは、とってもうれしいことだと思うわよ。でも、その食べ方は、ちょっと問題よ。だれも、あんたのごはんをねらってるわけじゃないんだから、もう少し、女の子らしく、つつましく食べてくれないかしら。お味噌汁だって、ゾロゾロ大きな音をさせて、吸ってるじゃないの。感心しないわよ」

「はい、わかりました」

おれは、すなおにへんじして、あらためて、せいいっぱい、行儀よく、ゆっくりと食いだした。

ところが、また、みんなが、食うのをやめて、おれの顔を見ていた。

「こんどは、なに？」

「なにじゃないわよ。あなた、もう三ばいもおかわりをしてるのよ。デブになりたくないからって、ごはんをひかえていたんじゃなかったの？」

「あ、そうかあ」

しかたがない。おれは、ちゃわんをおいて、〈ごちそうさま〉をした。だいたい、一美のちゃわんは、小さすぎるのだ。ふだん、おれが使っているちゃわんの、ちょうど半分の大きさなのだ。まったく、女の子って、こんなにも、不便なものとは知らなかった。

そのとき、電話のベルが鳴った。

「一美、出てちょうだい」

「はい！」

おれは、ベルをたよりに、電話のところへとんで行った。

「もしもし」

「あ、あたし一美よ！」

受話機から、おれになった、おれの声の一美の声が聞こえてきた。

「ああ、わかるよ」

「うまくいってる？」

「まあまあってとこだな」

「だめよ、そんならんぼうなことばを使っちゃ！」

「なにいってんだ。おまえこそ、そんな、オカマみてえな調子はやめろよ。いいか！一夫ってやつは、ちいとばかり、頭が悪くて、つらのほうもさえねえけど、男の子なんだぞ！いいか、チンポコのついてる、男の子だってことを、忘れてもらっちゃ困るぜ！」

「わかってるわよ」

「そんで、おめえのほうは、うまくいってるのかよ」

「やっぱり、まあまあってとこね」

「その、『……ね』っていうのは、やめろよ」

「ワカッタ！　あ、それで、思い出したけど、あれ、ときどき、形がかわるのね」

「なんだよ。あれって……」

「おしっこの出るところよ」

「ばかっ！　そんなもん、いじくりまわすんじゃねえよ！」

「だってさ、おしっこしたあと、紙でふいたら、なんとなく、形がかわって……」

「バカ！　紙なんかで、ふくやつがあるかよ！　あんなもんは、二、三べんふりまわして、しずくをきったら、そのまま、しまえばいいんだ。へんなことをするなよ！」

「ワカッタ！　でも、あんたのほうは、ちゃんと紙を使ってちょうだいよ」

「わかったって！」

＊

電話が終わって、ダイニング・ルームへもどったら、みんな、へんな顔をして、おれを見ていた。

——さては、みんな、ここで聞き耳を立ててやがったな——

おれは、なにくわぬ顔で、もとの席に、腰をおろした。一美のおふくろが、おれの顔を見て、ため息をつきながら、首をふってみせた。

「ねえ、一美。あんた、ちょっとへんよ。いったい、なにがあったの？」

どうせ話をしたって、信じてはもらえないだろうと思ったが、おれは、けさはじめて、学校で一美に会ってからのことを、かいつまんで説明した。

「……それで、おれ、頭に来たから、あいつに一発ぶちかましてやろうと思って、体当たりをくらわせたら、頭がガーンとしちゃって、よくわからなくなっちゃって、気がついたら、おれがあいつで、あいつがおれで……」

ふたりの兄きは、腹をかかえてわらった。

「わらうな！　おれ、まじめに話してるんだぞ！」

おれは、テーブルをひっぱたいて、どなった。みんなは、だまるどころか、よけいわらいだした。

「ママ、もし、こいつのいうとおりなら、やっぱり病院へ連れてって、電気ショックかなんかで、なおすより、手がないんじゃないか。さもなきゃ、頭をパインアップルみたいに輪切りにして検査するとか……」

上の兄きが、わらいながら、おそろしいことをいいだした。

「いやあ、こいつは、キツネかなんかにとりつかれたんだよ。宅地造成とか、土地開発とかで、行き場のなくなったキツネが、こいつにとっついたんだよ。ふんじばって、

二、三時間いぶせば、とっついたキツネが、逃げだすさ」
下の兄きまで、ヤバンなことをいいだした。

「そんなことというなら、むこうへ電話して、あいつをよびだして、話してみりゃいいんだよ」

「だめだよ。ふたりとも、ひさしぶりにあって、ポウッとして、頭の中に花が咲いちまったんだろ」

これは、上の兄きだ。

「そうじゃないってば！」

「わかったわ。とにかく一美、あんたは、もうねなさい。ひと晩、ぐっすりねれば、そんなへんなことは、忘れるわよ」

一美のおふくろは、そういった。

「うん、そうするよ。それで、へやはどこ」

「なにいってんのよ、となりでしょ」

「ああ、そうか」

「まちなさい。その前に、やることがあるでしょ」

「へ？」

「やっぱり、へんよ」

そういうと、一美のおふくろは、おれを、居間の仏壇の前へ、ひっぱっていった。

「ほとけさまに、おやすみのごあいさつをして、あしたは、すっきりするように、お願いしなさい」

「はあ……」

その仏壇のかもいの上を見て、おれは、とびあがった。あの、一美のおばあちゃんの写真がかざってあったのだ。一美にいわせると、おれが、殺虫剤をのませて殺してしまったというおばあちゃんだ。

「こ、こ、こ、ここでねるの？」

おれは、思わず、ニワトリみたいに情けない声を出してしまった。

「なにいってんのよ。自分のへやがあるでしょ。さ、ごあいさつして」

おれは、もう、むちゅうで手を合わせた。

——ナンマンダブ、ナンマンダブ……どうか、ばけてなんか、でませんように。一美だって、トンカチでひっぱたいたんですから、おれのせいばっかりにしないでください……——

それから、おれは、一美のへやへはいった。まちがいなく、ひるま、おれがねかされていたへやだ。

とにかく、おれは、ねることにした。悪い夢なら、ひと晩、ぐっすりねむれば、さめるはずだ。さめてもらわなくちゃ！　それに、あしたにゃ、あしたの風が吹《ふ》く！

おれは、なんとなく、はだかになるのがおっかなくて、着たまま、ベッドにもぐりこんだ。ところが、様子を見に来た、一美のおふくろに見つかってしまった。

「なんです、そんな、だらしない！」

しかたがない。おれは、整理ダンスをかきまわして、パジャマをひっぱりだした。そして、はだかになった。胸がどきどきした。おれは、大いそぎで、パジャマに着がえた。それから、夜中に、小便におきて、便所をさがして、うろうろして、どろぼうにまちがえられてもやっかいなので、さきに便所へ行った。とちゅうで、行きあった、一美の下の兄きがいった。

「一美、パジャマが、うしろ前だぞ！」

「あ、そうか」

おれは、その場で、パジャマをぬごうとした。

「おい！　いくら、兄妹《きょうだい》だからって、そう、男の前で、べろべろはだかになるやつがいるかよ！」

「あ、そうか」

おれは、そのまま、トイレへとびこんだ。しりをまる出しにして、小便をするなんて、幼稚園以来のことだから、なんとも、へんなぐあいだった。おれは、紙で、前をふきながら思った。

――ほんとに男っていいなあ。前のボタンをはずして、ちょんとつまんで、シャーッとやって、あとは、プルンプルンとやって、さっとしまえば、もう、それでいいんだもんなあ――

ベッドへもどったおれは、なかなか、ねつかれなかった。もっとも、いつもなら、まだテレビの前にすわっている時間なのだ。

――一美のやつ、いまごろ、どうしているだろうなあ。やっぱり、ふとんの中で、てんじょうをにらんでいるかもしれないなあ――

そう思ったら、おれは、きゅうに、一美がかわいそうになった。

――でも、おれだって、かわいそうだよ。だいたい、あいつが、おれのことを、デベソだのオネショだのって、よけいなことをいわなきゃ、こんなことにならなかったんだ。もとはといえば、あいつがいけねえんだ。だけど、もし、このまま、もとへもどれなかったら、どうなっちまうんだろうなあ。いや、こいつは、悪い夢なんだ。絶対、そうにきまってる。ひと晩ねれば、なにもかも、もとどおりになってるさ――

おれは、自分で、自分にいい聞かせた。そのくせ、胸のふくらみをさわってみると、これはもう、とってつけたものでないことが、はっきりして、おそろしくなった。

――気にしない、気にしない。おれは、ねるぞう！――

おれは、いっしょうけんめいにねた。

4　あいつが自殺をするとおどかした

朝、めずらしく、早く目がさめた。おれは、とびおきた。でも、おれは、やっぱり、一美のからだの中にいた。

おれは、あきらめた。とにかく服を着ようと思ったら、きのう着ていた服は、なくなっていた。たぶん、一美のおふくろが洗濯するために、もっていってしまったのだろう。しかたがないので、整理ダンスをあけて、ブラウスをひっぱり出し、それを着てから、スカートをつけた。と思ったら、窓ガラスをこつこつたたく音がした。見ると、レースのカーテンのむこうに、おれがいた……いや、おれになった一美がいた。

おれが窓をあけると、おれになった一美がいいやがった。

「ばかねえ！　やたら、よそゆきのブラウスなんか、着ないでよ。そっちの白っぽい、ブルーのチェックのやつにしてよ！」

しかたがない。おれは、ブラウスをぬいだ。と、また、おれになった一美が、おこりやがった。

「なにやってんのよ！　いきなりブラウスなんか着ちゃって！　ちゃんと下にスリップをつけてよ。ブラウスのスナップがはじけたら、いきなり胸が見えちゃうじゃないの！」

いわれて、おれは、自分の胸を見た。

「見ちゃだめ！」

しかたがない。おれは、そっぽをむいて、整理ダンスをかきまわし、スリップをひっぱり出した。と、スリップといっしょに、ピンクの模様のついた箱がとび出して、ゆかに落ちた。

「なんじゃい、これは？」

おれが、その箱をひろいあげようとしたら、おれの一美が、あかい顔をして、どなった。

「さわんないで！　エッチ！」

おれの一美は、どなっただけじゃなくて、窓からとびこんで来て、いきなり、おれのほっぺたをなぐりつけると、大いそぎで、そのピンクの箱を、整理ダンスのすみへ、押しこんで、おれをにらみつけた。さすがに、おれも、そのけんまくに、たまげてしまった。

「なんだよ。おれがなにをしたっていうんだ。その箱は、なんだったんだよ。見られちゃ困るものでも、はいってんのかよ？」

「そうよ！　男の子なんかには、用のないものよ！　それよっか、あんた、早く、スリップをつけてよ！」

「わかったよ！」

おれは、いそいで、スリップを着た。と、そこへ、一美のおふくろがはいって来たから、やっかいなことになってしまった。

「あら？　一夫さんじゃないの。あなた、こんなところで、なにしてるの？」

するとおれになった一美が、目をむいてくってかかった。

「ママ！　へやにはいるときは、ノックしてって、あんなに頼んだじゃないの！」

一美のおふくろは、ハトが豆鉄砲でも、くったような顔をしたが、たちまち、目じりをつりあげた。

「あなたこそ、なんです！　こんな朝っぱらから、こっそり、女の子のへやへしのびこんで来るというのは、どういうことなんですか！」

おれになった一美は、はっとして息をのんで、一美のおふくろの顔を見た。とたんに一美の目から、ぽろぽろっと大きな涙がこぼれた。おれは、一美がかわいそうになり、一美のおふくろをなだめた。

「いいじゃねえか。きゅうに女になっちまったおれのことを心配して、わざわざ来てくれたんだもの、そう、ガンガンおこることねえよ」

「なにいってんですか！　あなたたちは、まだ子どもよ。子どものくせに、いまから、そんな……。それにそのかっこう！　そのことばづかいは、なんですか！」

そういいざま、一美のおふくろは、おれのほっぺたを、ひっぱたきやがった。朝っぱらから、これで二度目だぜ！　わけもなく、二度もひっぱたかれたんだぜ！　だれだって、頭に来るさ。おれは、かっとなって、一美のおふくろのほっぺたを、ひっぱたきかえしてやった。

「やめて！　一夫君、やめて！」

一美が泣きながらとんできて、おれたちのあいだへ、割ってはいった。でも、だめだ。一美のおふくろの顔から、血の気がうせて、その場に、くたくたたっと、すわりこむようにして、ゆっくりとゆかにたおれた。おれは、自分が、一美になったことを、忘れてしまっていたのだ。

「ママ！　ママ！」

一美は、のびている一美のおふくろをゆすった。と思ったら、おれになった一美のやつが、また、おれにとびかかって、ほっぺたをなぐりやがった。

おれは、ここのところ、ひとに横っつらをなぐられるなんてことがなかったから、もう、すっかり頭に来て、かあーっとなっていた。そこで、おれになった一美のむなぐらをつかむと、ひきまわすようにして、一発なぐりつけてやった。おれになった一美は、そのままうしろへ、すっとんで行って、ベッドにあおむけにひっくりかえると、これまた、目をまわしてしまった。

さわぎを聞きつけて、一美の兄きたちが、どかどか、階段を降りて来る音がした。

おれは、あわてて、ドアに鍵《かぎ》をかけた。

「一美、どうしたんだ！　あけろ！」

「なんでもない！　いま、着がえしているところだから、あけないで！」

「だけど、なんか、へんな音がしたろ？」

「なんでもないってば！」

とにかく、おれは、大いそぎで、ブラウスを着て、つりスカートをつけた。

——えれえことになりやがったぞ。このあとしまつは、どうすりゃいいんだ——

おれは、とほうにくれた。

「おい、おきろよ！」

おれは、ベッドでのびている、おれになった一美をゆすった。一美は、ぽうっとしたように、目をあけたが、きゅうに顔をこわばらせると、おれをつきとばした。

「あんたなんか、だいっきらいよ！　なんで、あんたなんかに、会ってしまったのかしら」

そういうと、一美は、また泣きだした。おれだっておなじだ。一美に会いさえしなければ、こんなへんてこな事件に、まきこまれることなんか、なかったはずだ。それにしても、いつまでも、しゃくりあげるようにして泣いている一美を見て、おれは、いらいらしてきた。

「おい、泣くなよ！　みっともねえじゃねえか。いいか、おい。斉藤一夫ってやつは、あんまりかっこうのいいオスガキじゃねえけど、そんなにやたら、べちょべちょ泣きゃしねえぞ。もうちょっと、シャンとしてるんだからな」

すると、おれになった一美が、おれをにらみつけていった。

「なにいってんのよ！　斉藤一美っていう女の子だって、もうちょっと、おしとやかで、チャーミングなのよ。なにさ、その頭は。まるで、かみなりの娘みたいじゃないの。きちんと、ブラッシングしなさいよ。それから、パンツは、ちゃんとはきかえた？　パンツは、毎日はきかえてくれなきゃ困るわよ。それから、月に一度は……」

　そういうと、おれになった一美は、あかくなって、もじもじした。

「月に一度は、どうなんだよ」

「そんなこと、あんたなんかに、いえない」

「いえなきゃ、いうなよ。それより、おふくろさん、どうしたもんかな？」

「だいじょうぶよ。前から、ときどき、こういうことがあったのよ。すぐ目をさますわ。それより、あんまり、あたしのへやをかきまわさないでよ」

　そういうと、おれになった一美は、大きなため息をついた。そして、鏡台のわきの引き出しから、ヘヤブラシをとりだすと、おれのかみに、ブラシをかけ始めた。その一美が、鏡にうつっている、おれの顔……つまり、一美の顔をじっと見た。

「どうしたんだよ」

「あたし、自殺したくなっちゃった」

　おれは、びっくりした。

「おい！　ばかなことをいうなよ。おめえが死んじまったら、おれは、どうなっちまうんだよ。ことわっておくけど、おめえのからだは、このおれのもんなんだぞ！　かってに殺したりしねえでくれよな。だいじにしてくれよな」

「わかったわよ！」

「その『わよ』っていうのは、やめろよ。斉藤一夫は、男なんだからな」

「あんたこそ、なによ……なにさ……ナンダ！　女の子が、『やめろよ』とか、『おれのもんなんだぞ！』なんて。いっとくけど、あんたのからだだって、あたしのものよ……ものダ。下品で、だらしのない、非衛生な女の子になんかしないでね。もう、そうなったら、あたし、ほんとうに死んじゃうから！」

「わかった、わかった……ワヨ。とにかく、おまえは、アンタは、すぐ帰れよ……帰ンナヨ。いつまでも、ここにいちゃ、やっかいなことになるから」

「うん。だけど、あたしの……オレのママに、あんまり、らんぼうしないで……らんぼうスルナヨ」

「わかった……ワ」

おれになった一美が、窓から姿を消すのと、一美のおふくろが、目をさますのと、いっしょだった。

「ママ、ダイジョウブ？　ゴメンナサイ」

おれは、女のことばを使うのは、てれくさかったけど、一美との約束を実行して、いっしょうけんめい、女の子っぽくすることにしたのだ。一美のおふくろは、ふらふら立ちあがると、おれを見た。

「だいじょうぶよ。ママもいけなかったわ。つい、かっとなって。さ、朝ごはんのしたくを手つだって」

「めしのしたく?」

「やっぱり、あんた、へんよ」

「ああ、ごはんのしたくネ。だいじょうぶ、お手つだいするワ」

一美のおふくろは、やっと安心したような顔をした。

おれは、顔を洗ってから、台所へ行った。おれは、これまで、家にいて、めしのしたくなんかしたことがなかった。子どもは、そんなことは、するもんじゃないと思っていた。だから、なんとなく、もたもたした。それでも、中学と高校のふたりの兄きのべん当箱に、めしをつめたり、おかずのさかなを焼いたり、おやじさんをおこしに行ったり……。

——ふうん。一美のやつ、まい朝、こんなことをしてたとは、知らなかったなあ。女の子ってのも、らくじゃねえなあ——

そんなことを考えながら、レモンを切ろうとしたら、うっかり指を切ってしまった。

「一美！　考えごとしながらやっちゃだめよ！　チイニイチャン！　バンソウコウ！」

中学生のほうの兄きが、だまって、バンソウコウと消毒薬をもって来て、指のきずを消毒して、バンソウコウをまいてくれた。

「しみないか？」

「うん」

おれは、すごく悲しくなって、思わず涙をこぼしてしまった。


兄きたちや、おやじさんを送り出し、ようやく家を出たとき、おれは、ほっとした。

おれは、一美の赤い手さげを持って、学校へむかった。

と、おれのまえを、おなじクラスの福田《ふくだ》静夫《しずお》があるいていた。

「あれえ？　ブクチン、おまえんち、こっちだったのか？」

おれに声をかけられて、ふりむいた福田は、目をまるくして、おれの顔を見た。

「なんだよ。おれの顔になにか……」

といいかけて、おれは、はっとした。

——そうだ！　おれは、斉藤一夫じゃないんだ。斉藤一美になっているんだ——

「ごめんネ。ブクチンなんて、いっちゃって……」

おれは、あやまった。

「いい、いいんだ、いいんだ」

福田は、あわてて、へんなわらい方をした。おれは、福田とならんで、あるきだした。ところが、福田は、やけにいそいで、おれのそばから、はなれようとする。

「おい、まてよ、あ、まってョ！」

すると福田は、おれのほうをむいていった。

「な、たのむよ。そばへ来るなよ。おれ、女といっしょに、あるきたくねえんだよ」

「なんだと！　このやろう……あ」

福田が、目をまんまるくした。おれは、あわてて、女のことばに、いいなおそうとしたけど、どういっていいか、わからなくて、困ってしまった。

――やばいなあ！　こりゃ、へたに口がきけなくなっちまったぞ――

そのときだ。おれのしりのほうが、すうっとすずしくなった。見ると、これも、おなじクラスの佐久井健治のやつが、へらへらわらっていた。佐久井が、おれの……いや、一美のスカートをめくったのだ。

「サクイ！　このやろう。てめえは、そんなスケベだったのか！」

おれが、佐久井にせまって行くと、佐久井は、目をまんまるくして、逃げ出した。おれは、もうれつないきおいで、佐久井を追いかけ、学校の運動場へとびこんだ。おれは、砂場のところで追いつき、うしろから、つきとばしてやった。佐久井は、ダイビングするように、頭から砂場へつっこんだ。その佐久井が、あわててとびおきようとしたので、もう一度、しりっぺたを、力いっぱいけとばしてやった。

顔じゅう砂だらけになった佐久井は、わあっと泣きだすと、いきなり、おれにむしゃぶりついてきた。おれは、佐久井の頭といわず、背中といわず、ぼかぼかなぐりつけてやった。

「やめて、やめてぇ!」

ふたりを引きわけたのは、おれになった一美だった。一美は、いまにも、泣きそうな顔をしていた。

すると、佐久井のやつは、べそをかきながら、おれにいった。

「なんでぇ、スケベ女! おめえ、きのうは、斉藤一夫にスカートめくられて、なんにもいわなかったじゃねえか! それに一夫! おめえもなんだよ。おめえは、この女に、デベソとか、オネショとかいわれて、頭にきてたくせに、その女のかたをもつのかよ! おめえは、デベソで、ネショシベンタレってことかよ!」

「やろうっ！」

おれは、かあーっとなって、佐久井にとびかかったが、おどろいたことに、おれになった一美まで、目をむき、口をへの字にして、佐久井をぶんなぐっていた。

だれか知らせたらしく、大野光子先生がとんで来て、おれたちを引きはなした。ほんとによかった。そうでなかったら、おれたちは、ふたりして、佐久井健治を半殺しにしてしまったかもしれない。

佐久井は、自分がスカートめくりをしたことをかくして、おれたちが、一方的に暴力をふるったと、大野先生に訴えた。ほんとに、きたねえやつだ。

「あんなことといってやがら、てめえがスカートをめくったくせしやがって！」

といいおわったとたん、おれは、ひめいをあげて、とびあがった。

「いてえ！」

おれになった一美が、スカートの上から、おれのふとももを、ぎゅうっとつねったのである。

「あ、そうか……。あの、佐久井君が、ぼくの……ワタクシのスカートをめくったん……デゴザイマスヨ」

大野先生は、ぷっと吹き出した。佐久井のやつも、泣きわらいしやがった。おれになった一美は、おれをにらんで、そっといった。

「イイカゲンニシナイト、自殺スルゾ！」

「わかったワヨ」

おれは、おれになった一美につねられたところが、いたくて、スカートをめくってみた。

「おおいてえ！　見ろよ。あざになっちまったじゃねえか！」

おれが、つばきをつけて、そこをこすろうとしたら、一美のやつが、おれの手を、ぴしっとやって、スカートをぱっと、引きおろした。大野先生も、さすがに、あきれたような顔をして、おれを見た。するとまた、一美が、おれの耳もとでいった。

「ナンドイッタラワカルンダ。コノオタンコナス。ホントニ死ンジマッテモイイノカ！」

「ゴメンナサイ」

先生は、困ったようにいった。

「とにかく、一夫君と一美さんがなかなおりしたらしいことは、けっこうだけど、ふたりで、気を合わせて、いっしょに暴力をふるうっていうのは、感心しないわ。たしかに、スカートをめくられた一美さんが、かあっとなるのは、わかるような気もするけど、一夫君まで、いっしょになって、らんぼうするというのは、ちょっと行きすぎじゃないかしら」

「だって、あの子が、あたしのことをスケベ女……」

おれは、そっと一美に、いってやった。

「おれだって、自殺するワヨ！」

一美は、はっとして、先生を見た。

「ごめんなさい。悪かったと思います」

「わかればいいのよ。佐久井君も、これにこりて、やたらに女の子のスカートなんか、めくったりしないことね。さ、ここで、なかなおりしなさい」

「はい」

おれたちは、先生の前で、あく手をさせられた。

「一美さんが、こんなに元気な女の子だとは知らなかったわ」

大野先生が、そういってわらった。おれのかわりに、一美が、はずかしそうに、あかくなった。

5　おれがとんだら校長先生もとんだ

おれは……つまり、斉藤一美になる前の斉藤一夫は、じまんじゃないが、もともと勉強のできるほうじゃなかった。ところが、一美がなった斉藤一夫は、先生の質問に、じゃんじゃん手をあげてこたえるもんだから、先生は、目をまるくした。

もっとも、そりゃ、なかみが入れかわっちまっただけのことだから、前の斉藤一夫と、あとの斉藤一夫はいっしょにならない。でも、そんなことを知らない、大野先生は、すっかりごきげんで、

「まあ、先週までの斉藤君とは、まるで別人のようだわ。先生、すっかり見直しちゃった。もしかすると、むかしのガールフレンドがとなりの席へきたんで、はり切ってるのかな?」

なんて、おれの顔を見て、にたあなんてわらってみせた。それだけならいいんだけ

ど、

「それじゃ、つぎの計算問題は、一美さんのほうにやってもらおうかしら。一美さん、あなたも一夫君にまけないように、がんばってよ。はい、黒板でやってみて」

と、きやがった。おれは、もともと、分数計算は、にがてときてる。黒板の前へ行ったおれは、一応、問題の式だけ書いて、あとは、黒板をにらんでだけいた。

「おやあ、一美さんは、だめかしら？」

先生が、へんにやさしい声でいった。

――ほんとにもう、どうせ、入れかわるんなら、頭のほうまで入れかわれば、よかったのにな――

おれは、かってなことを考えながら、うしろをふりむいた。と、おれになった一美と、おれの目が合った。そうしたら、一美のやつが、ぬかしやがった。

「なにやってんの！　そんな五年生の問題がわかんないの？　バカッ！」

おれは、かっとなった。売りことばに買いことばで、

「うるせえ、バカ！　おれは、もともと算数は、きれえなんだよ！」

いっちゃってから、おれは「しまった」と思ったが、おそかった。みんなは、ひっくり返って大わらいするし、先生は、あきれたようにおれの顔を見ていた。

と思ったら、一美のやつが、まっかになり、両手で顔をおおって、教室からとび出した。

「まてえ！　死ぬんじゃねえぞ！」

おれは、もう、まわりのことなんか、考えているゆとりはなかった。むちゅうで、一美のあとを追って、教室をとび出した。

おれは、屋上へぬけるドアのところで、やっとこさ、一美をつかまえた。その一美が、ふりむきざま、おれのほっぺたをなぐりつけておいて、おいおい泣きながら、しゃがみこんでしまった。

しょうじき、おれは、どうしたらいいのか、とほうにくれてしまった。あとから、大野先生が、はあはあしながら、追いかけてきた。先生は、息をはずませながらいった。

「ねえ！　ふたりとも、どういうことになっているのか、わけをいってちょうだい」

おれは、よけいなことをいって、このうえ、一美をかっかさせては、やっかいなことになると思って、だまっていた。

「一美さん。あなたにきくわ」

先生は、おれの顔を見た。

「……あなた、さっき、『死ぬんじゃない』とか、どなったみたいだったけど、あれは、どういうことなの？」

それでも、おれは、だまっていた。そんなことは、とても、ひと口で説明できることじゃない。

「じゃ、一夫君。あなたに聞くわ。なんで、あなたは、一美さんが黒板のところにいるとき、『バカ』なんて、どなったの？」

「だって、あんなやさしい問題ができないなんて、はずかしい……。一美は、もともと算数に強いのに……。それなのに……。だから、やんなっちゃって……つい……」

一美が、しゃくりあげながら、説明した。

「ほんとに、そうなの？」

大野先生が、おれの顔を見ていった。

「そりゃ、一美は、算数に強いかもしれないけど、おれのほうは……一夫のほうは、算数に弱いってことは、先生だって、知ってたでしょ」

「ちょっと、まって！」

先生は、おれをだまらせた。

「いま、一美さんのいったことは、反対じゃないの？　そりゃ、たしかに、前の一夫君は、あまり算数に強くなかったわ。でも、いまの一夫君は、そんなふうには見えないわよ。問題は、一美さん、あなたよ。あなた自身は、どうなの？　算数に強いの？　それとも、弱いの？」

おれは、困って、なかみが一美の一夫を指でさしていった。

「一美のことは、あいつに聞いてください」

「そんな……。先生は、あなたに、あなた自身のことを聞いてるのよ。あなた自身は、算数に強いの？　弱いの？　しょうじきにいって」

「なかみは弱いほうです」

おれは、しょうじきに、はくじょうした。

「そうねえ。あんな計算ができないようなら、あんまり強いとは、いえないわね。そこのところは、先生もちょっと、ふしぎに思ってるのよ。だって、前の学校の成績では、算数が抜群にできるって書いてあったのよ」

すると、おれになった一美が、くやしそうにいった。

「ああ、もういっぺん、とってかわりたい！　一夫なんか、だいきらい！」

だから、おれも、まけずにいってやった。

「ふん！　おれだって、おめえととってかわって、せいせいと、立ちションベンがしてえや！」

「ちょっと、ちょっと！　なんてことをいうのよ！」

大野先生が、あきれたように、おれを見たが、それより早く、一美のやつが、またしても、おれをひっぱたきやがった。

「こんにゃろう！」

おれも、負けずに、ひっぱたきかえした。と思ったら、おれがひっぱたいたのは、あいだに割ってはいった、大野先生のほっぺただったのだ。それも、力まかせに〈ピシャーッ〉と。

――ヤバイ！――

おれは、むがむちゅうで、逃げ出した。おれは、とぶようにして、階段をかけ降りた。と、階段の下のほうで、なにか、ぴかっとした。なにかじゃない。それは、校長先生の頭だったのだ。校長先生は、階段をのぼりながら、ごみを見つけ、それをひろって、ひょいと頭をあげたところだったのだ。〈トビダスナ、車ハ急ニトマレナイ〉だ。おれとしても、いきおいがついているから、とまれない。おれは、とっさに、校長先生を、とび越えることにした。まともに体当たりして、ふたりで階段をころげ落ちるより、おれひとりに被害をくいとめようと思ったのだ。

——ナムサン！——

おれは、とんだ。ところが校長先生が、そのままの姿勢でいてくれればよかったのに、きゅうにからだを起こしたから、たまらない。おれは、またぐらに、校長先生の首をはさんで、宙をぶっとんでしまったのだ。

＊

気がついたら、おれも、校長先生も、救急車の中だった。おれたちは、タンカにしばりつけられていた。校長先生は、世にもない、気むずかしい顔で、目をつぶっていた。

おれが起きあがろうとすると、横にいた係の人が、だまって、おれを押さえつけた。そのとなりには、大野先生が、あおい顔をして、腰をおろしていた。

病院につれていかれ、おれと校長先生は、かわるがわる診察を受けた。頭もレントゲン写真をとられた。それから、ふたりでひとつの病室へ入れられた。おれは、口の中を切っていた。

やがて、医者がきて、おもしろくもなさそうにいった。

「とにかく、おふたりとも、二日間入院していただきます。いまのところ、レントゲンでは、異常はありませんし、脳圧にも変化はありませんが、このあと、発熱があったり、はき気がきたりすると、危険ですから、二日間つまり、四十八時間、絶対安静にしていてもらいます」

それを聞いて、おれは、げっそりした。いくらなんでも、校長先生とおなじへやに、二日間もとじこめられていたら、たまったものじゃない。

そこへ、大野先生がはいってきた。そして、まず、校長先生にいった。

「ただいま、奥さまにお電話いたしましたので、たぶん、すぐお見えになると思います」

それから、おなじように、おれにも、

「電話したから、すぐおかあさんが見えるはずよ」

といって、そっとため息をもらした。

「大野先生……」

校長先生がベッドで、てんじょうをにらみながら、しぶい声でいった。

「いったい、なにが原因で、こんなことになったのか、説明していただけませんかな」

大野先生は、とほうにくれたような顔で、おれのほうを見た。

「あのう……しょうじきに申しあげて、私にも、よくわからないんです」

「しかし、その生徒は、あなたの受け持ちでしょう。そんなことじゃ、困りますね」

「はい、それは、そうなんですけど……。ねえ一美さん。どういうことだったのか、先生にもわかるように説明してくれない？」

とうとう、おれのほうに、おはちがまわってきた。

「あの、先生に悪いことをしちゃって、ついむちゅうで逃げだしたら、階段でとまらなくなっちゃって……」

「悪いことって、なにかね」

校長先生が質問をしたので、大野先生がひきとった。

「じつは、この子が友だちと、ちょっとしたトラブルを起こしまして、この子が、あいてをぶつつもりで、まちがえて、私をぶってしまったんですの。それで、逃げだしたんだと思います」

「くだらない！　しかし、なんで、この私にとびついたのかね」

校長先生は、おれの顔を見た。

「なんでって……」

「それとも、私に助けをもとめるつもりだったのかね？」

せっかく校長先生が、そういってくれたのだから、「はい」といっておけばよかった。でも、おれは、根が、しょうじきな男なのだ。つい、ほんとうのことをいってしまった。

「とび越そうと思ったのです」

「と、とび越すだと？　お、お、女の子が、階段で、私をとび越すだと？　なんてえこった！」

そういうと、校長先生は、ふたつのベッドの境にあった、仕切りのカーテンを、手あらく、シャーッとしめた。そして、カーテンの中から、どなった。

「大野先生！　あなたは、もう学校へ帰りなさい！　その子の母親には、私がよく説明します！」

大野先生は、しばらくもじもじしていたが、

「それじゃ、よろしくお願いします。それじゃ、一美さんも、おとなしくしてるのよ」

といって、帰って行った。

校長先生は、ときどき、おどかすみたいに、咳払《せきばら》いをしたが、なにもいわなかった。

おれも、死んだみたいに、息をころしていた。

それから、まもなく校長先生の奥さんが、あらわれた。これは、おそろしく、にぎ

やかな人だった。その校長先生の奥さんが、へやへはいるなり、どなった。

「あなた！　なんて、ばかなことをしたんですか。ご自分の年も考えずに、女の子をとび越そうとしたんですってね。いまそこで、大野先生から、うかがいましたよっ！」

「そうじゃない！　女の子が、私をとび越そうとしたんだ！」

「それじゃ、どうして、こんなことになったんでございますか！」

「知らずに、私が顔をあげてしまったんだ」

「わかりました！　あなた、とび越させるようなふりをして、女の子のスカートの中を、のぞいたんでございましょう？　スケベ！」

「いいかげんにしなさい！　その子なら、となりのベッドにいるから、じかに聞いてみるといい！」

校長先生の奥さんは、カーテンをめくって、おれのほうをのぞいた。金ぶちのめがねをかけて、いろの黒い、目の細い、ちょうどキツネみたいな感じの奥さんだった。おれは、なんといっていいか、わからず、

「こんにちは」

といった。校長先生の奥さんも、にっこりして、

「こんにちは」

といった。なんだか、へんなぐあいだった。校長先生の奥さんは、おれの顔を見ながら、校長先生にいった。

「とてもかわいい子ねえ。そうだわ。あなた好みの美人ね。あなた、それでへんな気をおこして……」

「いいかげんにしなさい！」

と、そこへ、一美のおふくろがとんで来た。

「一美！」

そういうと、一美のおふくろは、ぼろぼろ涙をこぼしながら、おれにほおずりをした。

「いったい、だれがこんなことをしたの？　顔がはれてるじゃないの！　口も切ったのね！」

すると、カーテンのむこうで、校長先生がどなった。

「私、校長の今田正助《いまだしょうすけ》です。学校の階段で、お宅のお嬢さんと、正面衝突いたしました。お宅のお嬢さんが、階段をかけおりて来て、私にぶつかりまして、ふたりとも階段から落ちたのです。であいがしらですから、双方、運が悪かったのです」

「あら、あなた。それ、ちがうんじゃありません？　さっきは、あの子が、あなたをとび越そうとしたとか……」

　校長先生の奥さんが異議申し立てをした。

「だから、私にぶつかっちゃ大変だと思って、とび越そうとしたんだが、とび越しそこねたってことだ。しょうじき、あのとき、あの子が私をとび越していたら、あんなことじゃ、すまなかったかもしれんのだ」

　それをきいて、一美のおふくろが礼をいった。

「ということは、校長先生が身をもって、この子を救ってくださったということですね。ありがとうございます」

「いや、なに、たまたまそういうことになりまして……。とにかく、二日間入院だそうです。くわしいことは医者に聞いてください。……おまえも、その方と行って、聞いてこい」

　ということで、一美のおふくろと、校長先生の奥さんが病室を出て行った。と、そこへこんどは、一美があらわれた。

　一美は、なんにもいわずに、まるで八百屋の店先で、スイカや、カボチャのきずでもしらべるみたいに、おれの顔に手をかけて、たんねんにのぞきこんで安心したように、ほっとため息をついた。

「よかった！　あちこち切り傷があって、縫ったり、はったりするようになったら、どうしようかと思ってたんだから。いっとくけど、これは、あんたのからだで、あんたのもんじゃないんだから、ちゃんと気をつけて、だいじにしてくれなきゃ困るんだから。それにしても、校長先生も、校長先生よ。なんだって、そんなときに、ドロボウネコみたいに、階段なんか、うろうろしていたのかしら」

「うろうろしてたんじゃない！」

校長先生が、たまりかねて、カーテンのむこうでどなった。

「いっとくが、たまたま、階段で、ごみをひろっているところへ、その子が、降って来たんだ！」

ところが、一美もまけていない。

「そんなところで、どこかのいじわるしゅうとみたいに、ごみなんかひろってる校長先生がいけない！　校長先生なんてものは、だまって校長室で、重々しく、いばってふんぞり返っていればいいのよ。それなのに、授業中に、階段なんか、うろうろするから、こういうことになっちゃうのよ」

「おい、よせよ！」

おれは、あわてて、一美をとめた。校長先生が、またカーテンのむこうでどなった。

「うろうろするのも、校長のしごとのうちなんだぞ!」

「うろうろするんなら、放課後にうろうろすればいいんだわ!」

「おい、頼むから、やめてくれよ!」

おれは、むちゅうで、一美をとめた。

「あのな、よく聞いてくれよ。いや、……よーく聞いてヨ。あのとき、校長先生が、あそこにいたから、おれ……アタシの顔が、この程度の傷ですんだノヨ。そうでなきゃ、アタシの顔は、あちこち、かぎざきで、フランケンシュタインのモンスターみたいになってたかもしれないノヨ。だから、校長先生に、あたりちらすのは、やめてくれ……やめてほしいノヨ」

一美は、じっと、おれの顔を見た。

「ワカッタ」そういうと、一美は、おれと校長先生のベッドの境のカーテンを、シャーッとあけて、校長先生のほうを見た。

「校長先生。ほんとに、どうもありがとうございました。おかげで、一美の顔が、あの程度ですみました。とてもありがたいことだと思っています」

校長先生は、目をぱちくりさせた。

「あのな、きみは、さっきから、顔、顔っていっておるようだが、人間は顔じゃないぞ。心だ。心が一番だよ」

「はい。でも、あれは、わたしの顔ですから、好きかってに、ぶっこわされては困るんです」

「………？」

「それで、校長先生のほうは、いかがなんですか？」

「ああ、私も、一美さんと、にたようなもんだ。いまのところ、べつに痛くてしょうがないというところはない」

「そうですか、それは、よかったですね。でも、おだいじに」

「うん、ありがとう。……まったく、いままで、私の容態を聞いてくれたのは、きみだけだ。ま、おたがい、たいしたことがなくて、よかった」

校長先生は、はじめて、にっこりした。

「それじゃ、また来る。いま、おひるの時間を、ぬけ出して来たんだから」

そういうと、一美は、学校へもどっていった。

「一美さん、なかなか、いいボーイフレンドじゃないか」

校長先生がいった。

「とんでもねえ！　あんちきしょうにあいさえしなきゃ、こんなことにもならなかったのに！」

おれは、思わず、ほんとうのことをいった。校長先生は、また、目をぱちくりさせた。

6　あいつがおれのおっぱいつかんだ

ひと口に〈四十八時間の入院〉というけど、おれは、半分の二十四時間で、もう、うんざりしてしまった。それはそうだ。カーテン一枚の仕切りのむこうには、校長先生がいるのだ。

その今田正助校長は、もともと「ガミ助」という、あだ名があるくらいの、やかましやなのだ。

「斉藤一美さん、この四十八時間を、おたがいに有効にすごすことにしような」

なんていって、やたらお説教をするのだ。

「いいかね、斉藤一美さん。こんどの事件のそもそもは、あんたが女の子なのに、暴力をふるったことにある。理由はいろいろあろうが、女の子が暴力をふるうなどということは、どう考えても感心できない」

「そんなことといったって、ぼくは、もともと男なんだし……」

「おだまりなさい！　女の子が『ぼく』とは、なんでありますか！　女の子は『わたくし』または、『わたし』といいなさい！」

「だから、ワタシは、もともと男なんですから……」

「いいかげんにしなさい！　あんたは、りっぱな女の子です。かわゆーい女の子です」

「ですから、その、外見は、そうだけど、なかみは、オスガキなんです」

「なにをつまらんことをいっておるのでありますか。そりゃ、活発なのは、よろしい。しかし、なんといっても、あんたは女の子なんだから、〈やさしさ〉をだいじにしなければいけない。いいかね。あんたは、やさしい、しとやかな娘さんになって、いい人を見つけてお嫁に行き、やがて、かわいい子どもを産んで、おかあさんになる……」

「そんな！　じょうだんじゃない」

「あんた、いま、なんといったかね？　『じょうだんじゃない』だと？　この私が、じょうだんをいっているとおもってるのかね？　よかろう、入院しているあいだに、あんたのその、粗暴な言動をなんとかしよう」

おれは、まずいことになったと思ったが、あとのまつりだった。

それからというもの、校長先生は、おれがベッドの上に、あぐらをかいたといってはしかり、めしの食い方が、らんぼうだといってはしかり、口に手をあてないで、あくびをしたとか、ゲップをして「失礼」といわないとか、がみがみ、がみがみ……。ほんとうに、おれは、入院している四十八時間のうちに、がみがみやられて、死んじまうんじゃないかと、思ったくらいだ。

ところが、へんな事件がおきた。二晩め、校長先生が、ねぼけて、ベッドから落ちた。ま夜中に、人声がするので、はっとして目をあけたら、校長先生が、ねごとをいっていた。はじめのうちは、ぶつぶつ口のなかで、つぶやくようにいっていたのが、とつぜん、はっきりと、

「アイ子、やめなさい！　アイ子やめて！　やめてちょうだい！　アイ子さん、やめてーっ！」

と、どなって、ベッドから、ドターンと、ころげ落ちたのだ。おれは、びっくりぎょうてんして、仕切りのカーテンをくぐって、校長先生を助け起こした。

「校長先生！　だいじょうぶですか？」

「う？　ああっ？」

校長先生は、はっとして、おれの顔を見たが、てれくさそうにわらって、ベッドへ、はいあがった。

「いや、どうも、私は、子どものころから、ねぞうが悪くてな。ははは。ほんとにベッドはにがてだよ」

そこで、おれは、校長先生に、きいてみた。

「ねえ校長先生。アイ子さんて、だれですか？」

「なにっ？」

校長先生は、電気にふれて、ぴくんとしたみたいに、背すじをのばすと、まんまるい目をして、おれを見た。

「ですから、アイ子さんて、校長先生の奥さんのことですか？」

「いや、ちがう！」

そういいながら、校長先生は、さぐるような、いやな目つきをした。

「あ、そうか。……奥さんじゃないとすると、カノジョだな」

「な、な、なにをいうか！」

「しっ！　ま夜中ですよ」

おれは、口に指をあてて、おどかした。病室の中には、暗い小さな常夜灯の電球がついているだけだったけど、それでも、校長先生の顔いろがかわったのがわかった。

「わ、私が、なにかいったか？」

校長先生が、ひくい、ふるえる声で、たずねた。

「はい。でも、おぼえていないんですか？」

「うん。それで、なんていった？」

さあ、いよいよ、おれが攻勢に出る番がきた。おれは、これまでの仇討《あだう》ちのつもりで、うそをついてやった。

「校長先生は、『アイ子、おまえを愛してるよ。おまえが好きだ、大好きだ！　ブチュウーッ！』っていってから、ドターンと落っこちました」

「なんてことを！」

校長先生は、うめくようにいって、両手で頭をかかえた。それから、両手をおろし、腕ぐみをした。

「でも、そんな感じの夢ではなかったような気がするんだがなあ……」

校長先生が、ひとりごとをいった。おれは、もう一度、聞いた。

「あの、アイ子さんて、だれなんですか？」

「そんなことは、あんたには関係ない」

「でも、興味あるなあ。あした、校長先生の奥さんに聞いてみようっと」

「バ、バ、バカッ！　なんてことをいうんだ！」

校長先生は、ベッドの上で、とびあがっておこった。おれは、さっさと自分のベッドへもぐりこんだ。

「ま夜中です。おやすみなさい」

＊

朝、校長先生は、じつにやさしかった。

「斉藤さん。昨夜のことは、もう忘れてしまったね？」

だから、おれは、いってやった。

「そんな、忘れるなんて！　はっきりおぼえています。『アイ子、愛してるよ。ブチュウーッ』っていうの……」

「じつは、そのことなんだがね、忘れてもらえないかね？」

「アイ子さんのことですか？」

「そうだよ。きみたちには、わからないだろうけど、おとなになると、ひと口では説明できない、いろいろのことがあるんだよ。それで、そういうことは、おたがいに口にしないのが、エチケットというもんなんだよ。そのかわり、わしも、あんたの個人的なことについては、今後は、いっさい口出ししないことにする。いいね？」

「ふうーん。ということは、ワタクシが、アイ子さんの話をすると、校長先生に、なにかぐあいの悪いことが、あるということなんですね？」

「そのとおり。ここだけの話だが、こんなことは、家内に知られたくない。知られたら、私はまた、ここへ入院することになってしまう」

「どうして？」

「つまり、こんなことは、いいたくないのだが、家内は、あとさきのことも考えずに、すぐに発作的に暴力をふるう、悪いくせがあるもんで……」

「ふうーん」

「とにかく、同じやねの下で、二晩すごした仲なんだから、今後、あんたと私は、校長と生徒ということだけでなく、ちょっと年のはなれた友だちということで、秘密を守ってもらえないかな？　それに、なんだよ、今後、困ったことができたら、私に相談してくれ。校長としてではなく、あんたの友だちとして、できるだけ、力になる。いいね？」

　おれは、「いい」とも「悪い」ともいわなかったが、校長先生は、じぶんかってにうなずいて、なんども「よかった、よかった」とよろこんでいた。

そして、おれたちは、それぞれ家族が迎えに来て、退院した。校長先生の奥さんは、おれの頭をなぜて、

「これをご縁に、校長先生ということでなくて、うちへ遊びにいらっしゃい。ごちそうしますよ」

なんて、いってくれた。おれが、元気よく、

「はい！」

とへんじをすると、校長先生は、困ったような顔をしていた。

おれは、もちろん、一美の家へ連れもどされた。医者が、「だいじをとって、なるべく、当分のあいだ、過激な運動は、させないように」と注意してくれたおかげで、おれは、まるで、お客さまみたいにあつかわれた。

そんなところへ、おれになった一美が、見舞いにあらわれた。

「一夫君、あなた、ちょっとしつこいんじゃない？」

一美のおふくろは、それが本ものの一美と知らないから、いやがらせをいった。けれども、一美は、そんな一美のおふくろに目もくれなかった。おれの顔は、まだ、あちこち、わずかだが、あざになっていた。一美は、そんなおれの顔を見て、はらはら涙をこぼした。

「こんな顔にしちゃって！」

「だいじょうぶだってば、二、三日もすると、もとどおりになるってば！」

一美のおふくろは、おれになった一美が、心配のあまり涙をこぼしたと思って、さっきまで迷惑そうな顔をしていたのに、すっかり感激してしまい、買い物に行くから、そのあいだ、そばにいてやってほしいなどといって外出してしまった。

ふたりだけになったとき、一美がいった。

「ほんとにもう！　あたしは、あたしなりに、その顔が気にいってたのよ。それなのに、かってに、あざや、かさぶたなんか、つけちゃって！」

「だから、もうじき、もとどおりになるって、いったじゃないか。それより、きょうは、なんだ」

「移動教室の日程がきまったんだけど、二泊三日なのよ。でも、あんたは行かないでほしいの」

「なんで！」

「だって」

そういうと、おれになった一美は、あかい顔をして、うつむいた。

「わけもなく、そんなことをいわれたって、おれ……ワタクシは困るじゃねえ……デスノ」

「わけはあるのよ」

「なんだよ、そいつあ……ナンデスノ」

「いうわ。そのかわり、まじめに聞いて」

「うん」

「あたし、生理なの」

「セイリって、なんだよ」

「女の子は、月に一度は、そういうことになるのよ。つまり、そういうことになるというのは、おとなのからだになっているという証拠なの」

「ああ、アレかあ」

「そうよ。あんた知ってたの？」

「くわしく知らないけど、なんとなく……」

「エッチ！」

「そんなことといったって、しょうがねえよ。そうか。それで、移動教室に、行かれないってわけか。……心配すんなよ。そんなこと、だれにもいいやしねえから、安心して、うちでねてろよ」

「そうじゃないの！　あんたがそうなるの」

「なぬっ！」

「あたしだったら、なれてるから、きちんと始末できるけど、あんたは、なれてないから、あたし、とっても心配なのよ。みんなのまえで、いかにも生理でございますって顔をされたんじゃ、ぐあい悪いわよ」

おれは、それどころじゃなかった。

「お、お、お、おれが、こ、こ、こ、このおれが、セ、セ、セ、セイリになっちまうのかよ！」

「そうよ」

おれは、ほんとに、びっくりこいた。そりゃ、クラスのオスガキどもの、ませたやつらが、クラスの女の子のことを、「だれだれは、アレだから、イキが悪い」だとか、「だれだれは、アレだから、気が立ってんで、そばへよらないほうがいい」なんて、うわさをして、にたにたしているのは知っていたが、おれにゃ、そんなことは興味がなかった。関係ないと思ってた。それなのに、それなのにだ、まさか、このおれが！

「おい、おりゃ、どうすればいいんだよ」

「だから、あたし、そのことを教えに来たのよ」

「ほわ！」

「ほら、あんた、あたしの整理ダンスにはいってる、ピンクの模様のついた箱のこと、おぼえてるわね」

「ああ」

「あの、箱のなかのものを使うのよ。いいわね」

「ああ」

＊

結局、おれは、移動教室へは、行かなかった。おれが、そのことをいいだす前に、一美のおふくろが、階段からダイビングしたことで、医者に、長いことバスにゆられるのは、よくないといわれているからということにして、不参加を申し入れた。

そして問題の日が来た！

おれは、すっかり、めいってしまった。へんに腰から下が、かったるいみたいで、気がつくと、ぼうっとしていた。もし、このまま、おれが、斉藤一夫のからだに、もどれないとしたら、どうしようか……などと思うと、いても、たってもいられないほどだった。

そんなおれに、一美のおふくろがいった。

「きちんと生理があるということは、健康だということなのよ。いい？　そんなふうに、〈あたしは、ただいま生理です〉なんて顔をしちゃ、だめ！」

「そんなこといったって……」

おれは、こんなこと、生まれてはじめてだからといおうとして、ことばをのんだ。そんなことをいったら、また、ひとさわぎ、もちあがると思ったからだ。

「だめよ。なんでもない、いつもとかわらない顔をしていなさい」

「はあーい」

そこへ、一美があらわれたのだ。

「あら、あなたは、移動教室へ行ったんじゃなかったの？」

一美のおふくろが、びっくりして、たずねた。

「はい、けさまで、行くつもりだったんですけど、もうれつに頭が痛くなって、薬をのんで、ねていたら、なおったもんだから……」

「そうなの？　でも、学校を休んだ人が、ひょこひょこ、女の子のところへ遊びに来るというのは、感心できないわね」

「でも、することはないし、あんまり退屈なもんで……」

そういいながらも、一美は、おれのほうをじろじろ見た。おれは、思わず、いってやった。

「そんなに、じろじろ見るな!」

「ごめんなさい」

一美は、あかくなって、うつむいた。そのとき、一美のおふくろは、なにを思ったのか、

「ちょうどいいわ。ふたりで買い物してきてちょうだい」

と、おれに、買い物かごと、メモと、さいふをよこした。

おれは、一美をつれて、いったん、玄関から出たが、一美にそっと教えてやった。

「おい、ヤバイぞ! おめえのおふくろは、うちへ電話するつもりだぞ」

「まさか! ママは、そんなことしないわよ!」

「そこが、あまいところだよ。きっと電話するぜ」

「どうして?」

「きまってんじゃねえか。おめえが、あんまりしつこく、おれんとこへ来るからさ」

「来ちゃいけないの?」

「そりゃそうさ。オスガキがしょっちゅう、ひとりの女の子にべったりひっついてたら、どこの親だって、へんに思うんじゃねえかな」

「そんなことをいったって、あたしが……ボクが見にくるのは、自分のからだを見に来るんで、キ、キミにあいに来るわけじゃないのに……」

「そこんとこが、わかってもらえないから、困っちまうんだよ。ほら、みろ、やっぱり電話してる」

おれは、ドアをこっそりあけた。一美のおふくろが、かん高い声で、おれの……つまり一夫のおふくろに、もんくをいっているのが聞こえた。

「……え？　一美が一夫君をよびつけるんですって？　そんなこと、でたらめです。うちでは、一夫君は、一美の幼稚園からの、おさな友だちということで、かなり大目にみていたんですけど、しょうじき申しあげて、これは、ちょっと問題ですわよ。ほんとに、こんなことは申しあげたくはございませんけど、しばらく、一夫君を、一美のところへよこすのは、遠慮していただけませんか？　はい。そういうことでございます」

おれは、そっと、ドアをしめた。ふりむくと、一美が、泣きながら、かけ出して行くところだった。おれは、あわてて、一美のあとを追った。

一美は小公園へとびこむと、ベンチにふせて、背中をひくつかせて、泣いた。

「なあ、一美。おまえ、そんなに男がいやか？」

「いやよ！　あたし、おふろへはいるたびに、死にたくなる。またのあいだに、へんなものがぶらさがっていて、それが、よく見ると、べつな生きものみたいに、動くのよ。それに、ここんとこ、つけ根のあたりに、うっすら、毛がはえてきたみたいなの。いっそ、病院へ行って、切ってもらおうかなんて、思ったり……」

「おいおい！　そんなむちゃなこというなよ。それは、おれのからだなんだから、かってに、切ったり、つけたりしないでくれよな。おれだって、このからだは、しょうじき、いごこちがよくなくて、困ってんだからな」

「あたし、このからだに、もどりたい！」

そういうと、一美のやつは、おれのからだをなぜまわした。そして、おれのオッパイ……いや、一美のオッパイかな……そのへんは、よくわからないが、とにかく、おれの胸についているオッパイをそっと押さえた。

そのときだ。

「おいおい！　小学生のがきが、ひるひなかから、なにやってんだよ！」

みると、サングラスをかけ、頭をリーゼントにして、こてこてと油虫みたいに、ポマードをぬりたくった若い男が、にやにやしながら、おれたちの前に立っていた。

「よう、おねえちゃん。あんた、なりは小さいけど、いいプロポーションしてるじゃないの。なんだったら、このおにいちゃんが、とってもいいことを教えてあげるから、こっちへ来なよ！」

そういうと、若い男は、いきなり、おれの手首をつかんだ。おれは、いそいで、まわりを見た。まわりには、人かげがなかった。

それを見て、一美は、まっさおになり、とっぴょうしもない、ひめいをあげた。

「一夫君！　行っちゃだめ！　だれか！　だれか来てえーっ！　たすけてえーっ！」

油虫のおにいさんは、それを見て、あきれたような顔をした。

「なんてえ声を出すんだよ。おれは、おめえにゃ、なんにもしちゃいねえじゃねえか。おれはな、こっちのかわいいおねえちゃんにだけ用があるの。おらあ、おめえみてえなオスガキなんぞには、手出しするようなことはしねえの。さ、おめえは、安心して、あっちへ行ってな！」

油虫のおにいさんは、そういうと、おれの手首をぐいぐいひいて、あるきだした。

7　おれのおふくろさんはクソババア

小公園の反対側の入口に、あずき色の自動車がとまっていた。どうやら、油虫のおにいさんは、おれを、その車にのせて、どこかへつれて行こうとしているらしかった。

「やめてーっ！　おねがいよ！　ね、へんなことしないで！」

一美は、泣きながら、油虫のおにいさんにしがみついた。

「なんだよう！　気色悪いなあ！　おれは、オスガキなんぞにゃ、用がねえって、いったろ？　あっちへ行け！」

「いやーっ！　やめてえ！」

「気持ち悪いってんだ！」

油虫のおにいさんは、いったん一美をつきとばしておいて、また、むしゃぶりついて来る一美をけった。それも、こともあろうに、一美のまたのあいだをけったのだ。

もちろん、そこには、だいじな男の急所が、ぶらさがっている。

「ギャーッ！」

さすがに一美も、だいじなところをけられて、ひめいをあげ、からだをまるくして、地面にたおれこむと、苦しそうに、地面をごろごろころげまわった。

それを見ていたら、おれは、きゅうにむかついてきた。地面をころげまわって苦しんでいるのは、なかみは一美でも、なんたって、見た目は、このおれ、斉藤一夫なのだ。

おれは、いったん逃げると見せかけて、油虫のおにいさんの手をふりはらおうとした。油虫のおにいさんは、そうはさせじとするように、おれを引きよせた。おれは、そのとき、あいての力を利用して、力まかせに、油虫のおにいさんの、またぐらをけりあげた。やられたとおり、やりかえしたのだ。

「あ、こんちくしょう！」

油虫のおにいさんは、あわてて、おれの手をはなし、からだをちょっとそらせて、しかめ面をした。そのすきに、おれは、もう一発キックしてやった。こんどは、前よりも、たしかな手ごたえ、……いや、足ごたえがあった。

「アウー！」

油虫のおにいさんは、へんな声でうめくと、またぐらに手をやり、からだをおるように、前かがみとなり、そのまま、頭から地面へつっこみ、一回転して、あおむけになった。おれは、自分でもしつこいと思ったけど、そこを、力いっぱい、ふんづけた。すぐ、立ちなおってきて、しかえしをされたら、たまらないと思ったのだ。と、こんどは、油虫のおにいさんの顔色が、さあっと白くなり、白目をむきだして、ひくひく、けいいれんしはじめた。

おれは、おそろしくなった。

「さ、早く逃げるんだ」

おれは、たおれている一美を、だきおこして、逃げようとした。

「だめよ。いきができない……」

一美がくるしそうにいった。おれは、かまわず、うしろからだきおこした。

「さ、またをひらけよ！」

「は、はずかしい」

「なにいってんだよ。いいから、またをひろげろよ！」

おれは、一美のうしろから、赤ん坊に、おしっこをさせるみたいなかっこうで、だきあげては落とし、だきあげては落とし、ドスンドスンやった。このやり方は、おれがサッカークラブで、トレーナーをやっていたおにいさんから、教えられたやり方だ。

「どうだ。だいじょうぶか？」

「なんとか、なりそう……」

おれは、油虫のおにいさんのほうをちらっと見た。油虫のおにいさんは、おれたちに背中を見せて、地面にぶったおれていた。てかてかのリーゼントのかみは、ほこりにまみれて、白くなっていた。

「さ、いまのうちに、逃げるんだ！」

一美も、ちらっと、油虫のおにいさんを見ると、ぶるっとふるえた。

もう、買い物どころではなかった。おれは、まだふらついている一美を、だきかかえるようにして、うしろも見ずに、小公園から、とび出した。おれは、一美を家まで送って行くことにした。とちゅう、一美は、ずうっとすすり泣きしていた。

「な、みっともないから、泣くなよ。そのうちになんとかなるって……」

おれは、いっしょうけんめいなぐさめたが、へんじをしなかった。

「そんなに、男になるって、いやなことなのかなあ」

おれは、思わず、ひとりごとをいった。とたんに、一美に切りかえされた。

「あんたは、どうなの？　女になれて、うれしい？　おしゃれができて、楽しい？」

おれは、ことばにつまってしまった。そして、そのあとは、だまりこくって、あるいた。

おれは、ひさしぶりに、わが家へもどった。つまり、斉藤一夫の家へもどったのだ。でも、家には、だれもいなかった。一美は、ポケットから、鍵《かぎ》を出して、ドアをあけた。

「きっと、信州《しんしゅう》のおばあちゃんを、送って行ったんだと思うわ……思ウナ」

「あれ？　信州のおばあちゃんが来てたのかあ。おれ、あいたかったなあ」

「それが、まずいの……ダ」

「どうして……ナノサ」

「あたし……オレが、信州のおばあちゃんなんて、知らないもんだから、家の前であって、『どちらさまですか』って、聞いちゃったの……ダ。そうしたら信州のおばあちゃん、気を悪くして……」

「そりゃ、そうだワサ。だって、おふくろにとっちゃ、信州のおばあちゃんは、おしゅうとめさんだもの。まずいこといっちまった……ジャナイノサ」

「そうなの。それで、夏休みに、信州へ行く話、なんとなく、断られちゃったみたい」

「ばかやろ、どうしてくれるんだノサ。おれ……ワタクシ、それを楽しみにしてたんだぞサ」

おれは、一美をなじった。一美は、そんなおれの顔を見つめて、ため息まじりにいった。

「だから、あたし、あたしをあんたにやってもらいたくないのよ」

「なに？」

「もし、かりに、おばあちゃんが信州へ来いって、いってくれたとして、だれが行くことになるの？」

「ああ……」

「ああじゃないわよ！　あんたが行けるわけがないでしょ？　行くとすれば、あたしが行かなくちゃならないのよ」

「いいじゃんか」

「よかないわよ。それより、あんた、期末テストで、うーんと点数をかせいでよ」

「……？」

「だってあたし、成績があがったら、夏休みにヨーロッパへ連れてってもらうことになってんだから」

「へえー、ヨーロッパか。すげえなあ……」

「でも、絶対に、だめだわ」

「どうして」

「だって、あんた、五年生の算数だって、あやしいんですものね」

それをいわれると、おれもヨワカッタ。

「……それに、かりにあんたが、いい成績をとってくれたとしても、それまでに、あたしたちが、もとどおりの自分になれるっていう、たしかな保証はないんですものね」

そういうと、一美はまた、目を赤くさせた。おれは、困って、目をそらせ、あちこち見まわした。おれのへやは、へんに、きちんとかたづいていた。本箱のふちにならべておいた、SLのミニチュアも、レースカーのミニチュアも姿を消していた。

「あれ？　ここにあったミニチュアは、どうしたんだよ」

「あんたのいとこの、ヒロアキ君とかいうのが来て、もってっちゃったわ」

「ええっ？　あのヒロアキが？」

「そうよ。だって、あんたのおかあさんが、そうしろ、そうしろっていったからよ」

「あの、クソババア！」

「クソババアって、だれのこと?」

「きまってらあ、おふくろのことさ!」

「そんな、悪いわよ。いいおかあさんだわ。あたしのことで、とっても心配してくれているわ」

「あたしって、おれになったおまえのことか?」

「きまってるじゃないの」

そのとき、電話がかかってきた。おれは、つい、受話器をとりあげてしまった。受話器から、聞こえてきたのは、一美のおふくろの声だった。

「その声は一美でしょ?」

おれは、はっとした。ひさしぶりで、自分の家へもどったので、自分が一美になっていることを忘れていたのだ。それで、ついうっかり、

「いえ、一夫です」

といってしまった。とたんに、耳がおかしくなるような声で、どなられた。

「悪ふざけは、いいかげんにしなさい! いま、それどころじゃないのよ! 校長先生の奥さまが見えたのよ」

「あれ? ばれたのかな?」

おれは、あの〈アイ子さん〉のことを思った。

「ばれたってことは、なにか、身におぼえがあるの？」

「ううん、そ、そんなものないワ」

おれは、あわてて、うちけした。

「ほんと？」

「はい」

「じつはね、あんたと一夫君が、小公園で、あやしいことをしていたので、校長先生のむすこさんが注意したら、あなたが、校長先生のむすこさんの、だいじなところを、けったっていうじゃないの。……そうしたら、そこが内出血して、たいへんなことになっているそうよ。だから、ママは、いってやったわ。いくらなんでも、うちの子は娘です。女の子が、そんな浪人さんの大きなおにいさんに、そんなことが、できるわけがありません。それは、きっと、いっしょにいた、一夫君のやったことにちがいありません……って。きっと、ショックで、ぎゃくのことをいってしまったんでしょうって、いってやったわ。とにかく、早く帰って来なさい。いいわね！」

一美のおふくろの声が、あんまりものすごかったので、話の内容が、すっかり、一美に聞こえてしまったらしく、一美は、あおくなって、かたかたふるえだした。そして、うらめしそうにおれを見た。

「あんた、あたしが苦しんでいるあいだに、そんなことをしちゃったの？」

「だって、あいつがあんまり、きたねえことをするんだもの」

「それだって……。そんなこと、女の子のすることじゃないわ。あたし、へんな噂をたてられちゃうわ。お嫁に行けなくなるかもしれないじゃないの」

「だって、あんちきしょう、すごーくいやらしい目つきで、おれを見てたんだぞ！ああでもしなかったら、あいつ、このからだをなぜまわして、パンツをぬがせて、お医者さんごっこなんか、やったかもしれないんだぞ！」

「そんなこと！」

一美は、あかくなって、うつむいた。

「だからさ、おれは、そうやって、一美のからだを、守ったということになるんだぞ。ありがたいと思えよ」

「……思うわ」

一美は、きえいりそうな声でいった。おれは、ちょっと満足だった。と、そこへ、おれのおふくろが、もどって来た。おふくろは、おれのことを一美だと思っているから、いやな顔をした。

「ねえ、一美さん。いいにくいんだけど、あなた帰ってくださらない？　あなたのおかあさんに、一夫とのおつきあいを遠慮させてくれっていわれたのよ。あたしは、一夫と、あなたとは、幼稚園のとき、それこそ兄妹《きようだい》みたいになかのよかったお友だちだし、かまわないと思うんだけど、そこは、娘さんの親というのは、そうはいかないらしく、一夫のことをしつこいなんていうのよ」

それを聞いているうちに、一美は、しくしく泣きだした。

「どうしたの、一夫」

「だって、ひどいわ……」

「また、そんな女ことばを使う。あんた、ほんとに、ここんとこ、おかしいわよ。食事はすすまないし、おふろへはいるのをいやがるし、まるで人間がかわったとしか思えないわ」

「そうなんだ……デスノヨ」

おれが、そのことを説明しようとしたら、一美が、おれをつついた。

そんなところへ、校長先生がやって来たのだ。校長先生は、胸やけをかみ殺したみたいな、しぶい顔をしていた。

「校長先生。このあいだは、どうも……」

おれがあいさつすると、校長先生は、めんくらったように目をぱちくりさせた。

「あの、どういう、ご用でしょうか」

まだ、なんにも知らされていないおれのおふくろは、ふしぎそうに校長先生を見た。

校長先生は、また、もとどおり、しぶい顔をして、おれたちを見た。

「悪いが、きみたちには、席をはずしてもらおうかな」

だから、おれは、いってやった。

「その必要はゴザイマセンデスワ。あの油虫のおにいさんが校長先生のむすこさんでよかったデスワ」

「なにがよかったのかね!」

校長先生が、かみつくようにどなった。

「だって、ワタクシ、ママにいって、あの人を暴行罪で、訴えようかと思ってたんですノ」

「ボウコウザイ?」

「はい、あのひと、アタシの胸をなぜたり、スカートへ手を入れようとしたんですモノ」

「そんなこと、したのかね?」

「しようとしたんです」

「そこまでなら、暴行ではない。なんというか……ワイセツ強要というか……。しかし、いずれにしろ、やらなかったのだろ？　つまり、未遂ということだ……」

「でも、アタシが抵抗しなかったら、やられてましたワョ。『このおにいちゃんが、とってもいいことを教えてあげるから、こっちへ来なよ』って、自動車にのせようとしたんですもの」

「それは、そうかもしれんが、なにも、あそこまで、やらなくてもよかったんじゃないのかね」

そういうと、校長先生は、一美の顔を見た。一美は、困ってうつむいた。

「校長センセイ！」

おれは、あらたまった声を出した。

「アンチキショ……イイエ、あの人が、最初に、いきなり、一夫君のキンタマをけったんですワ」

「きみ、そんな！」

「いいえ、うそじゃありません……ワ。ほんとうのことなんですモノ。だから、やり返したんですワ。それより、校長先生、お話ししたいことがあります。悪いけど、一夫君とママは、ちょっと、あっちへ行っててほしいノョ」

一美とおふくろは、顔を見合わせたが、おれが、そのまま、ふたりを見ていたので、奥へひっこんだ。

おれは、ほんとは、斉藤一夫で、いまはただ斉藤一美のからだをかりてるんだと思ったら、ものすごく勇気が出て来た。

「話って、なんだ！」

校長先生は、わかってるぞといわんばかりに、不愉快な顔をして、おどすようにひくい声でいった。

「わかってイラッシャイマスワネ。校長先生は『アイ子さん、愛してる』ですモノネ」

「ふん、たぶん、そういうだろうと思ってたよ！」

校長先生は、はきだすようにいうと、カバがほえるみたいに、大きなため息をついて首をふった。

「ほんとのことといって、校長先生のむすこさんて、ひどかったワ。油虫みたいに、てこて油をぬっちゃって、スケベったらしくて……。ワタクシ、よそへ、そんなことをいうつもりは、ありませんけど……もしかすると、親が親だから、子も子だって、いわれるかもしれませんワヨ」

「わかっとる！」

校長先生は、じいっとおれの顔を見た。

「つまりは、不問にしろということだな」

「フモン？」

「そう、このことを問題にするなということだな」

「そういうことになるんでしょうか」

「だってそうじゃろう。さもなけりゃ、あのことをしゃべるっていうんだから。わかったよ」

「じゃ、その、フモンにしていただけるんですノネ」

「ああ」

「すてき！　アタシ、校長先生愛してる！」

「ふん！　私はご免こうむりたいね」

校長先生は、そういうと、そっぽをむいた。

「ふたりとも、来ていいワヨ！」

おれが奥へむかってどなると、一美とおふくろがおそるおそる出てきた。校長先生は、また、しぶい顔つきになると、おふくろにいった。

「いま、一美さんから、くわしい話を聞きましたが、双方に、若干のいきちがいがあったようでありますので、この際、この問題につきましては、ここだけのことにしておきたいと存じます。それに、なんでありますな、いい若いものが、小学生の女の子にしてやられたなんてことは、あまり名誉な話ではありませんし、まあ、おたがいに子どものことでは、苦労いたしますな。アハハア！」

校長先生は「アハハア！」と、口ではわらっていたが、顔はわらっていなかった。

校長先生にも、だれが加害者か、わかったらしいのだ。

最後に、校長先生は、ひとつ、いやなことをいった。

「一美さん、やりすぎというのも、場合によっては、過剰防衛という罪になるんだよ。ひとつ希望をいえば、女の子の活発なのは、よろしい。しかし、ヤバンなのは、感心しないな」

「そんな！　ヤバンだなんて！」

もんくをいったのは、一美だった。

「あの人のほうが、よほどヤバンでした。あたしが泣いてたのんだのに、あの人は、あたしの、おまたをけったんですもの」

「わかりました、わかりました！　しかし、おかあさん、なんですな、このふたりは、入れかわったほうが、よさそうでありますな」

8　あいつのかわりにビキニをつけた

家へもどった……といっても、一美の家へもどったんだけど、もどったおれの顔を見て、一美のおふくろがいった。

「あなた、お買い物は？」

「はい。これ」

おれは、買い物ぶくろをさしだした。一美と別れるとき、一美にしつこいほど、買い物のことをいわれたので、買って帰ったのだ。おれも、そのとき、しつこいほど、校長先生のむすこをやっつけたのは〈一夫のしわざ〉にしろといっておいた。だいたい、男の子が、女の子に、たすけられたなんていうのは、あんまりかっこういいもんじゃない。まして、その助けられた男の子が、斉藤一夫だったなんてのは、おれとしては、ほんとにかっこう悪いのだ。

買い物ぶくろを受けとった一美のおふくろは、そのまま、おれの顔をじいっと見ていった。

「あのね、あなたが移動教室へ参加しなかったのは、前に階段から落ちて、頭を打ったことが心配だったからでしょ？　それなのに、どうして、一夫君のうちへなんか、遊びに行ってしまったのよ」

「そんなことといったって、買い物をいいつけたからじゃねえ……デスノ」

「それ、どういうこと？」

「だから、その、とちゅうで、油虫みてえ……油虫みたいな、てかてか頭のおにいさんに、ヘンナコトされそうになったのヨ」

「ヘンナコト？」

「そうヨ、エッチなことヨ」

「そ、そ、そんなことがあったの！」

一美のおふくろの顔色が変わった。

「あ、あ、あの、あの、ま、まさかあの、校長先生のむすこさんとかいう人とは、関係ないんでしょうね」

「関係あるワヨ。だって、その油虫のおにいさんが、校長先生のむすこだったんですモノ！」

「ええっ！」

一美のおふくろは、息をするのも、忘れてしまったみたいに、ぽかんとして、おれの顔を見た。

「だ、だ、だって、校長先生の奥さんのお話では、あんたがたが、あやしいことをしていたので、注意したら、いきなりひどいめにあわせたっていってたわよ」

「そんな、狂犬じゃあるまいし、わけもなくかみついたりしないワヨ！　あれは正当防衛ヨ。とにかく、一夫君ががんばって、アタシを守ってくれたノヨ。一夫君なんか、キンタマけられて、とってもいたそうだったワ。むこうが、さきに手を出したノヨ。でも、一夫君が油虫のおにいさんをやっつけてくれたノヨ。油虫のおにいさんは、あいてが小学生だと思って、なめてかかって、ゆだんしたノネ。それで、一夫君は、やられたとおり、やり返したノヨ」

「やっぱり。あんなふうで、一夫君は、やっぱり男の子なのね」

「そうよ。あれでも、いざとなればやるノヨ。だからママ、あとで一夫君に、お礼をいっておいて。ネ、お願いヨ」

「そうねえ」

「あのとき、一夫君がいてくれなかったら、アタシ、自動車につれこまれて、きっと、エッチなことをされてたと思うノ。すごく、いやらしいやつだったんですモノ」

「わかったわ。そうとわかったら、校長先生の奥さんに、もんくいってやらなくちゃ。ほんとにもう、なんということでしょう」

「ああ、そのことなら、さっき、一夫君のうちへ校長先生が来たから、アタシたち、ほんとうのことをいって、ちゃんと校長先生にわかってもらったわ。一夫君なんか、双方にいきちがいがあったんだから、この問題に関しては、不問にしましょうなんていっちゃって、とっても、かっこよかったわ」

「ふうーん」

おれは、一美のおふくろに、一夫――つまり一夫になった一美のことを売りこんだ。とにかく、いまのおれにとって、おたがいに連絡のとれなくなることは困るのだ。一美が信州のおばあちゃんのことを「どちらさまでしょう」なんて、やっちまったみたいに、おれだって、なにをしでかすか、わからないのだ。

そうでなくても、一美のおふくろは、おれのことを、かなり疑い深い目で見ているのだ。用心しなくちゃならない。

「とにかく、無事でよかったわ。それはそれとして、ちょっと残念なことがおきたのよ」

「なあに？」

「あの、ヨーロッパ旅行の話、あれ、だめになったわ」

「どうして？」

「正夫《まさお》さんがお嫁さんをもらうことになったのよ。ということは、ヨーロッパ旅行には、お嫁さんを連れて行くことになったんですって」

「ふうーん」

もちろん、おれは、その正夫さんとかいう人物と一美が、どんな関係にあるかも知らなかった。

「あら、あんまり、がっかりしていないみたいね」

「いやあ……ううん、とっても、がっかりしているワヨ」

「でしょう。だから、そう思って、とってもいいことを思いついたのよ。あててごらんなさい」

「さあ……」

「ふふふ、弘君《ひろし》をあなたのお誕生日に招待することにしたのよ」

――さあ、えれえことになったぞ。ヒロシってのは、なにものなんだ。いままで聞いたことのない名前だなあ――

おれは、どんなふうに反応してよいか、困ってしまった。

「あら、どうしたのよ。弘君をご招待するのよ。うれしくないの？」

「ウレシイ、ウレシイ！」

「いやねえ、そんな、とってつけたみたいないい方をして。ちっとも、うれしそうじゃないじゃないの。ねえ、しょうじきにいってちょうだい。あなた、学校の階段で、校長先生と衝突して、ころげ落ちてから、自分でも、すこし、へんだと思わない？」

「へん？　まあ、へんていえば、へんみたいな気もするけど」

「やっぱり、後遺症があるのかしらねえ」

「どんなふうに」

「自分で気がついたことない？」

「べつに……」

「そう？　あのね、ママの目から見て、以前の一美とは、べつの人間みたいなのよ。おにいちゃんたちもいってたわ。『このごろの一美は女らしさにかけている』って。たしかに、ここへ越して来る前のあなたは、女の子にしては、ちょっとらんぼうな口をきいたり、思い切ったことをする子だったけど、上ふたりが男の子だから、その影響で、そうなったのかなという程度で、それほど、気にはならなかったわ。それなのに、近ごろのあなたときたら、いわれなきゃ下着をかえないし、頭だって、とかさない。お勝手の仕事は、きゅうにぶきっちょになるし、お味噌汁《みそしる》ひとつつくれない。その上に、持って帰ってくるテストの点のひどいこと。チイニイチャンがいってたわ。『あいつ、ついこのあいだまで、こんな問題は、あさめしまえだって、いってたはずなのに』って。それと、なんとかしてもらいたいのは、ことばづかいよ。パパは『ちょっと感じがちがってきた』なんて、のんきなことといってたけど、ちょっとなんてものじゃないわ。ママはね、あんたを見てて、なんとなく、こわくなるときがあるの。いったい、なにが原因だと思う？」

「…………」

そんなことを聞かれたって、おれは、なんとも、こたえられなかった。おれだって、どうしてこんなことになったか、まるでわかってないんだもの……。

「ママはね、一夫君にあったせいじゃないかと思うの」

「うん、きっとそうネ」

おれは、用心しながら、こたえた。

「でしょう。だから、ママは、なるべくなら、あなたと一夫君とをつきあわせたくないのよ。もちろん、あなたが助けてもらったことには感謝するし、そのことについては、お礼をいうつもりよ。そんなわけだから、今後、一夫君との、一対一のおつきあいは、やめてほしいの。そのかわり、弘君となら、おつきあいしてもいいわ」

「で、そいつぁ、どこにいる……いや、そのヒロシ君は、どこにいるの？」

一美のおふくろは、それにへんじをするかわりに、大きなため息をついて、おれの顔をじいっと見ていったのだ。

「あなた、やっぱり、夏休みになったら、脳外科の病院へ入院して、精密検査を受けたほうがいいようね」

「そんなあ！」

「だって、あんなに大好きだった弘君のことを忘れるなんて、やっぱりへんよ！」

どえらいことになった。よほどうまく一美と連絡をとっていかないと、ヨーロッパ旅行どころか、病院にぶちこまれてしまう。万が一にも、頭をぶちわって、脳味噌をかきまわすとか、強力な電気ショックをかけるとかいうことになったら、おれは、なにがなんだか、わけがわからなくなって、もとの一夫にもどりたいなんて、思わなくなってしまうかもしれない。そんなのは困る！

——そりゃ、斉藤一夫なんて、勉強もあまりできるほうじゃないし、それほどイロオトコってわけでもない。得意なことといえば、かけっこと、あとはミニカーやらラジコンカーをいじれるくらいのものだ。でも、おれは、やっぱり斉藤一夫がいい。なんたって、おれは、もともと、斉藤一夫なんだもの……——

おれは、一美のおふくろが、二階のベランダのふとんをとりこみにいったすきに、大いそぎで、一美に電話を入れた。

「もしもし」

「あたしよ」

さいわい一美が、電話のそばにいてくれたのだ。

「あのなあ、ヒロシってのは、なにものなんだ」

「なによ、やぶからぼうに……」

「だから、そいつは一美のなんなのかって、聞いてるんだよ」

「え？　なんなのかって、どういうことなのよ」

「じれってえなあ。そんな、のんびり考えてる場合じゃねえんだぞ！　そのヒロシってやつとおまえの関係を教えろよ」

「関係だなんて、いやらしい。あんた、やきもちやいてる……ノダナ」

「バカヤロ！　しょうじきに、ちゃんと教えろ！」

「いやよ、そんなこと」

おれは、いらいらしてきた。

「このオタンコナス！　そんなかっこつけてる場合じゃねえんだぞ！　いいか、よく聞けよ。おめえのおふくろはな、おれが、ヒロシっていうやつのことを思い出さねえから、夏休みに、どこかの脳外科病院へつれてって、頭をパインアップルみてえに輪切りにして、ついでに脳味噌をひっかきまわすって、いってるぞ。おめえのおふくろは、おれがそうなったのは、学校の階段から、ころげ落ちたときのショックだと思ってるんだ。いいか、そんなこととされてみろ。おれはおめえのからだにもどれなくなるかもしれねえし、かりにもどれたとしても、おめえの頭の中は、めちゃくちゃになっちまうんだぞ。わかったか？　わかったら、そのヒロシってやつのことを教えろ！」

「いいわ」

さすがに、一美も神妙な声を出した。

「……前の学校で、五年生のとき、おなじクラスだったの。勉強もできるし、運動もとくいで、とってもカッコイイ子なの。ただ、弘君は、ほんとは、アケミちゃんて子のことが、好きなの。でもアケミちゃんは、弘君のことを、好きでもきらいでもないのよ。どっちかというと、女の子のほうが好きで、あたしとは親友みたいなもので……」

「アケミなんか、どうでもいいよ。それで、ヒロシってやつは、おまえのことを、どんなふうに思ってるんだ」

「どんなふうって……まあ、好きでも、きらいでもない、ただ、アケミちゃんの親友だから、好意をもってるってところかしら」

「それで、おまえは、そいつのことをどう思っていたんだ」

「むごいことを聞くわねえ」

「ムゴイ？」

「そうサ。そんなことは、ひとに知られたくないノダ」

「ひとにっていったって、おれはいまおめえなんだぞ。おめえがそいつのことを、どう思っていたか知ってないと、おれは脳外科行きになってしまうんだぞ。それでもいいのかよ？」

「だからその、一美はダ、弘君のことを『好きだ、好きだ！』って、いっていたのダ。で、その弘君が、どうしたのダ」

「ここへ来るらしいんだ」

「そこへ来る？」

「そうさ」

一美は、電話口で息をのんだらしく、なにもいわなくなってしまった。

「とにかく、一美のおふくろは、一美の誕生日に、そいつを招待するって、いってるんだ。それで一美の誕生日は、いつだ」

「は、は、八月五日よ」

「それで、その八月五日、そのヒロシっていうやつに、どうすりゃいいんだ?」

「そんなこと、どうすりゃいいなんて……へんなことしてほしくないわ。ホシクナイゾ」

「バカッ! いまは、おれがおまえで、おまえがおれなんだぞ! だから、おれが、おまえとして、……そうじゃない、もし、そいつに会うとき、おまえだったら、どうするかってことを聞いてるんだ」

「そうねえ。からだじゅうで、好意を示すと思うわ」

「そりゃ、具体的にどういうことだよ。だきついて、ほっぺたにブチュッてやるのか?」

「ばかねえ! それは、いきすぎというもんだわ。それより、弘君が来るとき、ボーイフレンドとか、新しい友だちとかいうことで、あたしもよんで。そうしたら、その場で、どうしたらいいか、いろいろサインなんか、送って、コーチしてヤレルト思ウンダ」

「うん。そうしてもらえりゃ、おれも助かるんだけど、おふくろさんは、おめえのことを、あんまり好きじゃねえみてえ。なるべくなら、一対一のつきあいはやめろっていうんだよ。でも、そこんところは、なんとかするよ」

「そうしてよ。それから、あんた、弘君が来るまでに、ちゃんと女らしくなってってくれなきゃいやよ」

「わかったよ。でも、おめえだって、へんになよなよしねえで、ちゃんと、チンポコのついているオスガキらしくやってくれよな。あぶなっかしくて、みちゃいられねえんだから。そんじゃ、また、連絡するからな」

おれは、電話を切って、ふと、人のけはいに気づいた。ふりむいてみて、ぎょっとした。一美のおふくろが立っていて、おそろしく気むずかしい顔で、いやいやするみてえに首をふっていた。

「ゴ、ゴメンナサイ、男ことばなんか、使うつもりじゃなかったんだけど、ついその……」

「つい、なんなの？」

「その、なんとなく、男になりたくなっちゃって……」

「男になりたい？　それ、どういうこと？」

「だって、男は、あの、あれが、ないでしょ。だって、もう、なんだか、めんどうくさくなっちゃって……」

「あんた、なんていうことというのよ！　女のしるしがあるということは、とっても、しあわせなことなのよ。この前の新聞の〈身の上相談〉で、高校生になっても、まだないので、どうしたらいいのかって、なやんでいる女の子のことが出ていたわよ。そんな人にくらべたら、ありがたいと思いなさい！」

「うん。おお、ありがてえ！」

「一美！」

おれは、よこっとびにすっとんで、一美のへやへ逃げこんだ。

＊

みんなが移動教室からもどり、つゆが終わると、たちまち、むしあつくなってきた。

ある日、一美のおふくろが、水着を出してきて、おれに着てみろといった。

「去年、ちょっと小さかったみたいだから、買ったほうが、いいかもしれないわね」

おれは、風呂場の脱衣室で、水着に着がえてみた。ほんとに、水着は小さくて、きつかった。ただきついくらいならいいけど、うしろは、ふんどしみたいに、きゅうっとくびれて、しりへくいこむし、前も、われめへくいこんで、いかにも、そこに、われめがありますというみたいになっていた。

一美のおふくろがのぞきにきたので、おれは、あわてて、バスタオルをからだに、まきつけた。

「どうなの？」

「だめョ。下のほうがくびれて、くいこんでしまうんデスモノ」

「じゃ、新しいのを買いましょうね」

「うん」

そのことでも、おれは、すぐに一美に連絡をした。

「どんな水着がいい？」

「いままでどおり、競泳用の紺のワンピースでいいわよ」

「うん、おれもそういおうと思ったんだけど、おめえのおふくろさんは『ただでさえ、あなたは色気がないんだから、もう少し、色のついた、かわいらしいデザインのにしたら』っていうんだ。それに、おまえは、ことしは、赤いビキニの水着をつけるって、はりきってたんだってな」

「そうよ。前に、オッキイニイチャンにプールにつれてってもらったとき、オッキイニイチャンのガールフレンドが、そういうビキニを着ていて、あたしもつけたいなあって思ってたの。そうだ。だったら、学校用と、そうでないのと、ふたつ買ってもらいなさいよ」

「そうするワ」

「あの、なんだったら、オレ、ついて行こうか」

「いや、あんまり、おふくろさんに顔を見せないほうが、いいと思うワョ。とにかく、アンタのいうとおりにするからサ」

「ありがとう」

それで、おれは、一美のおふくろに、水着をふたつねだった。

「もちろん、いいわよ！　だって、あんたは、ここんとこ、なんにも、ママにおねだりしないし、気にしてたのよ。おこづかいも、ほとんど使ってないみたいだし……」

こういうのを、ふたつへんじというのだ。おれは、一美のおふくろに連れられて、デパートへ行って、紺のワンピースの水着と、それこそ、まっかっかのビキニ、それも、化粧品のポスターのおねえちゃんが着ているような、とびっきり小さいのを買ってもらった。

それから、ふたりで、喫茶室へはいった。一美のおふくろは、おれに、チョコレートサンデーをとってくれた。

「悪いワネ」

おれがそういったら、一美のおふくろは、おれを穴のあくほど、じいっと見た。

「どうかした?」

「あなた、いま、『悪いワネ』っていったわね?」

「うん」

「それ、どういうこと? ひどく他人行儀だと思うんだけど……」

「ううん。『どうもありがとう』っていうつもりだったのが、つい……」

「そう。ふしぎね。考えてみたら、ママ、いままで、あなたにそんなふうにいわれたことって、一度もなかったわ。やっぱり、あなたもおとなになったのね」

「そうかも……。一美って、前、そんなだったの?」

「そうよ。けっこうおしゃれしたり、気どったり、おしゃべりしたりするくせに、あんまり、やさしくなかったわね。もう少し、女の子らしさが出てくればいいと思ってたけど……」

そういいながら、一美のおふくろは、じいっと、おれの顔をのぞきこんだ。

「だいじょうぶね。あなたは、ママの子どものときより、ずうーっと美人よ。すてきな娘にそだってくれるわね」

「…………」

おれは、なんとへんじをしてよいか、困った。

「そして、いいおむこさんを見つけて、いいえ、いいおむこさんに見つけてもらって、しあわせな花嫁さんになるのよ」

「…………」

ほんとに、おれは、あせった。おれは、一美がどんなむこさんのところへ、嫁にいこうと、しっちゃいないし、どうでもいいことだったけど、もし、おれが、もとの一夫のからだにもどれなくて、そのまま、おとなになって、だれかのところへ、嫁さんにいくなんて思ったら、落ちつかなくなった。

もし、それが一美にとって、しあわせなことだとしたら、そうなれない一美は、ひどくかわいそうなことになってしまう。

そんなこともあって、学校のプールのある日、おれは一美をよろこばせてやろうと思って、まっかな小さなビキニをつけて、学校へ行った。

一美は、おれが去年までつけていた、紺の海水パンツをはいていたのはいいが、背中をまるめ、うでで胸をかくして、うちまたであるいていた。

——なんだ、女の子みたいなかっこうしちゃって！　もっと、胸をはって、ガニマタで、けいきよくあるけばいいのに！——

おれは、一美にけいきをつけてやろうと、そばへいった。一美は、ビキニをつけたおれを見ると、

「あ、あ、あんた、あわ、あわわ……、ば、ばば……」

といって、顔をまっかにさせて、いきなりおれをひっぱたいた。気がついたら、おれは、シャツといっしょに、ブラジャーまで、ぬいじゃっていたのだ。

9　おれのしらないおれの恋人がくる

　そうこうしているうちに、夏休みになった。夏休みになるということは、うれしいことのはずなのに、おれは、すごく気が重かった。終業式にわたされた成績表は、おれのいままでの成績表のうちでは、最高のものだったが、斉藤一美の成績表としては、最低のものだったらしく、一美のおふくろは、がっくりきていた。だけど、こればっかりはしょうがない。すがた形は斉藤一美でも、なかみは、斉藤一夫なんだから……。

「まあ、転校して環境がかわったということもあるし、階段から落ちて頭をうったりしたこともあるし、しかたがないけど、夏休みには、じっくり勉強して、二学期にとりもどせばいいわ」

　一美のおふくろは、じぶんでじぶんを、なぐさめるようにいった。ほんとうに、そんなふうにいけばいいけど、おれには、まるで自信はない。

そのうえに、問題の八月五日がそれこそ、刻々と近づきつつあった。八月五日は斉藤一美の誕生日で、前の学校の一美のボーイフレンドが来るのだ。

おれは、一美のアルバムをひっぱりだして、そのボーイフレンド、ヒロシの顔をおぼえた。あんまり、その写真ばかりみていたから、夢にまで、そいつが出てきて、おれはうなされて、夜中にとびおきたほどだ。

——こんなふうじゃ、おれ、こいつにあったら、ものもいわずに、ぶっとばしたくなっちゃうかもしれねえなあ——

そして、ついにその日の朝がきた。おやじさんは、社員研修とかいうやつで、家にいなかったし、中二の兄きも、サッカーの合宿とかで家をあけていた。上の高二の兄きは、〈夏期学力増進セミナー〉とかいうのに朝早くに行ってしまって、おれと一美のおふくろとふたりだけで、おそい朝めしをくった。めしのあとで、一美のおふくろが、おれにいった。

「いくら弘君に会うのがうれしいからって、そんなにうろうろしないで、落ちつきなさいよ」

一美のおふくろも、にぶい女だ。おれの目つきを見れば、おれがうれしがって、うろうろしているのか、不安でうろうろしているのか、わかりそうなもんなのだが……。

「いいわよ。落ちつかないんだったら、すこし早めに、迎えに行きなさい。帰りは、駅からタクシーにのっていいわよ」

じつをいうと、落ちつかないわけがあった。遊びに来るのが、一美の片思いのヒロシ……ほんとは山本《やまもと》弘というんだけど、そいつひとりなら、なんとか、つじつまを合わせられるのだが、もうひとり、吉野《よしの》アケミという、ガールフレンドもいっしょだというのだ。

一美のおふくろから五千円札をもらったおれは、すぐ家をとび出した。

「いくらなんでも、まだ早いわよ！」

一美のおふくろが家の中からどなったが、おれは無視した。たしかに駅での待ち合わせの時刻まで、たっぷり一時間半はあったが、それでも、時間は、たりないくらいだった。なにしろ、おれは、その山本弘や、吉野アケミなる人物については、写真しかみたことがないのだ。それまでに、一美と、よく打ち合わせをしておかないと、ちぐはぐになって、一美のおふくろに、ますますあやしまれてしまう。

おれは、公衆電話で、一美をよびだした。一美は、待ちかまえていたらしく、すぐに家をとび出してきた。

一美は、チロリアンハットに白のスポーツシャツ、短いジーンズの半ズボン、それにやや大きめの白のバスケットシューズと、なかなか、しゃれたかっこうにまとめていた。ただひとつ気にいらないのは、ズボンのジッパーがおりたままだった。

一美は、にこにこしながら、息をはずませていた。

「弘君たちは、十時につくんでしょ？」

おれは、ちょっぴり、いやな気分になった。おれを見ながら、いつでも、半べそをかいている一美が、やけにうれしそうにしているのだ。よほど、そのヒロシってガキにあうのがうれしいらしいのだ。おれは、ちょっぴりやけた。そこで、おれは、とりすまして、いってやった。

「アナタ、アタシのボーイフレンドだけど、弘君に紹介するの、はずかしいワ」

「どうして？」

「社会の窓があいてるじゃんか！　ホースのさきものぞいてるぞ。エッチ！」

一美は、とびあがって、あかくなり、あわててジッパーをあげた。とたんに、

「あいた！」

といって、やりなおした。

「おい！　人のものだと思って、らんぼうするなよ！」

「だって、あんないい方するからよ」

「オダマリ！　おめえのやってることは、みんな、おれのやってることになるんだから、気をつけろよなあ」

　すると、一美は、おれをにらみつけた。

「ワカッタ！　気をつけりゃイインダロ。それより、オマエコソ、もう少し、女らしい口をきいたら、ドウナンダヨッ！」

　いわれて、おれは、びっくりした。なんとなく、ドスがきいてて、迫力があるのだ。

「ワ、ワカッタワヨ」

　おれは、思わず、かぼそい声を出してしまった。だが、そんなことに感心している場合じゃない。

「それで、ヒロシにあったとき、どうしたらいいのサ」

「弘なんて、よびすてにしちゃあ……。まだ、そんな仲ジャネエンダカラナ」

「ワカッタヨ！」

「しばらくあってないから、弘君、変わってるかもしれない……」

　一美は、遠くを見るみたいな目つきをした。

「そんなにヒロシ君にあうのが、うれしいのかサ」

「そりゃそうよ。かっこいいんだもん」

おれは、また、いじわるをしたくなった。

「へっ！　いまのじぶんを考えてみろってんだワサ。それで、弘とかいうガキにべたついたんサイヨ、おめえ……アンタ、ホモかあって、いわれるワヨ！」

一美は、さすがに、ぎょっとなって、おれの顔をじいっと見た。おれは、そこで、いかにも女の子らしく、じぶんのワンピースのすそをつまんで、右足を引いて、首をかしげてほほえんで見せた。みるみる一美の目に、涙がもりあがってきた。

「じょうだん、じょうだん！　いまのはじょうだん！」

おれは、あわてて一美をなだめようとした。

「いいのよ！　ほっといて。あたしって、かわいそうな女の子なのよ！」

一美が、やけをおこしたように、金切り声を出した。

「ごめん、悪かった。でも、おれの身に、アタシの身にもなってヨ。アンタは、そういっていりゃいいかもしれないけど、アタシャ、ドタマかち割られて、脳味噌《のうみそ》をかきまわされるかもしれないノヨ。ちったあ、アタシのことも考えておくれヨ。もしも、そんなことになったら、この頭に、タガをはめたみてえに、輪切りのあと、はげができちまうノヨ」

「うん、ワカッタ。とにかく、あんたは女らしく、オレは男らしくやればイイノダ」

ということで、おれたちは、駅へむかった。それから、駅前広場のプラタナスの木かげのベンチのところで、おれは、一美から、山本弘を迎えるについてのエチケットの特訓を受けた。

「だめ！　そんなとってつけたようなわらい方は。ちょっと、はにかむの。わからない？　はにかむっていうの……。照れるんじゃないの。……そういうのは、いやらしいシナっていうの！」

おれは、一美の指導で、にっこりわらったり、はにかんだり、しなをつくったり、上目づかいですねるまねをしたりで、もう、汗びっしょりになってしまった。

いいかげん、うんざりしてたところで、ひょいとベンチのうしろを見ると、おなじ年ごろの女の子がいて、あきれたように、おれの顔を見ていた。背はそれほど高くはないが、色があさぐろくて、細身で、男の子のようにきりっとした顔つきで、黄色いタンクトップに、白のショートパンツ、白のハンチングベレーに、ひものついた赤いサンダルをはいていた。

――ホッ！　かっこいいやつ！――

おれは、内心そう思ったが、その子が、あんまり、おれの顔をじろじろ見ているので、思わず、どなりつけてやった。

「やい！　みせもんじゃねえぞ！　じろじろ見るな！」

一美も気がついて、ふりむいた。と思ったら、一美はとっぴょうしもない声を出した。

「アケミ！　弘君は、どうしたの？」

どうやら、その女の子が、一美の親友の吉野アケミだったのだ。そこで、おれも大いそぎでいった。

「アケミ！　弘君は、どうしたの？」

アケミは、面くらったように、おれの顔と一美の顔を見くらべていたが、顔は、おれのほうへ向けて、目は一美のほうへ向けていった。

「だってさ、あの子ったら、やたらにあたしにべたつきたがるんだもの。気色悪いから、あの子にかんジュース買いに行かせて、そのすきに、ひとつ前の電車で逃げて来ちゃったの」

「そんなあ！」

一美は、泣き声を出していったかと思うと、駅の改札口のほうへとんで行ってしまった。アケミは、そんなうしろ姿をぽかんと見送っていたが、おれの顔を見ていった。

「ねえ、あんた、ほんとは一夫君なの？」

「うん！」

おれは、思わずへんじをしてしまった。

「やっぱり！」

そういうと、アケミは、まるで、めずらしい生きものでも観察するような目つきで、おれを見ながら、おれのまわりを、ぐるっとまわった。そして、もとの位置へもどると、やにわに、おれの胸をつかんだ。

「いてえ！　へんなことするなよ！」

おれは、あわててアケミの手をふりはらった。

「だって、ほんものかどうか、確かめておかなくちゃ」

そういうより早く、アケミは、こんどはおれのワンピースのすそをつかんで、ぱっとめくった。

「おい、よせってば！」

アケミはワンピースのすそをはなして、にこりともせずにいった。

「ふうーん。確かに、ブラッとしたものは、ついてないみたい」

「あたりめえじゃねえか」

「声だって、一美とおなじよ。ねえ、あんた、ほんとは一美じゃないの？　あたしをからかうために、あんな手紙をくれたんじゃないの？」

どうやらアケミは、おれと一美のからだがいれかわってしまったことを知っているみたいだった。

「よう！　おめえ、おれたちのこと、どこまで知ってるんだ？」

「どこまでって手紙で、『とんでもないことになった、あたしは死にたい』って書いて来たんじゃないの」

「そうかあ、あいつ、おめえに、そんな手紙を書いていたのか」

「あたし、一美がSFにこって、おかしなつくり話をしてるんじゃないかと思った」

「そんで、いまはどう思う」

アケミがもういっぺん、おれを頭のてっぺんから観察し始めた。おれはまた、胸をつかまれたり、ワンピースのすそをめくられたりしたらかなわないので、用心して身がまえた。

「そうねえ、あんたが一美だっていえば、やっぱりそうかと思うだろうし、さっきのへんになよなよした男の子が一美だっていえば、そんなふうな気もするし、いまのところ、五分五分ってとこね。とにかく、一美の手紙には、私のからだは、悪魔にのっとられました、その悪魔の名前は、斉藤一夫といいますって書いてあったもので、あったし、てっきり、一美が、その斉藤一夫にエッチなことでもされちゃったんだと思った」

「よせやい！　おれだって、あいつにのっとられたも同じだぜ。気がついたら、からだごと、すっぽり入れかわっちまったんだから。おれ、ようやくこのごろ、一美らしいみたいになったらしいけど、一美のおふくろは、おれの頭の中が、どうにかしちゃったと思ってるから、脳外科の病院へぶっこんで、頭を輪切りにして、中をひっかきまわさせるつもりでいやがんだ。なあ、そこまで知ってるなら、なんとかおれたちの力になってくれよ。おれたちだって、どうしたらいいかわからねえんだから」

「そりゃ、力になれるもんなら、なんとかするけどさあ……」

ふたりで、そんなことをしゃべっているところへ、つぎの下り電車がついて、一美が、けげんそうな顔をした、ひょろっとした男の子を案内しながら、やって来るのが見えた。

「おい、あの、ネギみてえに、ひょろっとしたのが、ヒロシってやろうか？」

おれが、アケミに聞くと、アケミも、

「そうだ。あんちきしょうだ」

といって、からからわらった。

「そんじゃ、いっちょ一美をやってくるか」

おれは、大いそぎで、笑顔をつくり、その男の子のところへ、はしっていった。

「シバラク！　よく来てくれたワネ！」

そういって、おれは、おしえられたとおり、弘とあく手した。

「やあ、なんだか、きゅうにおとなっぽくなったみたい」

弘が、じいっとおれの顔をのぞきこんだ。おれは、なんていっていいかわからず、一美のほうを見て、助けをもとめた。

「きっと、しばらくあわなかったせいでしょう」

一美がいったので、おれもすかさず、

「エエ、きっとソウヨ」

といった。あとから来たアケミが、いたずらっぽい目をしていった。

「弘君も、ちょっと見ねえまに、スケベッタラシイ、オスガキになりやがったろ？」

おれは、思わずつられて、

「うん、そうだな」

といって、しまったと思ったとたん、一美のやつが、いきなり、おれのほっぺたをひっぱたきやがった。おれは、かっとなったが、ひっしでがまんした。

「おい、きみ！」

そんな一美にもんくをいったのは、弘だった。弘は、緊張で、あおくなって、かたかたふるえながら、一美をにらんだ。

「き、き、きみは、いったい、一美さんのなんなんだ？　なんで、そんならんぼうをするんだ？」

さすがの一美も、まっさおになってしまった。弘のほうは、一美がつっかかってくるかと思っていたところ、そのけはいもないので、安心して、

「一美さん。きみ、こういうらんぼうなボーイフレンドとはつきあわないほうがいいんじゃないの？」

といって、おれの両かたに手をかけた。おれは、ここぞとばかり、弘のかたに顔をつけた。そしたら一美のやつは、また、かっとなって、おれの足をけりやがった。おれも、これ以上がまんできなくなり、思わずどなってしまった。

「いいかげんにしねえか、このバカッ！　せっかくうまくいってるのに、自分の立場も考えろ！」

一美は、はっとして気がつき、あかくなったが、こんどは、弘のほうが目をむいてしまった。おれは、あわてて、その場をつくろった。

「アラ、ゴメンナサイ、フフフ、ハシタナイトコ見セチャッタワ。ウレシクテ、ツイ悪フザケシチャッタノヨ。トニカク、ウチへ行キマショ。一夫君、アナタモ、モウ悪フザケハシナイデネ」

「ウン、悪カッタ。ゴメン」

「ジャ、イッショニ、イラッシャイ」

弘は、目をぱちくりさせていたが、事情がわかりかけてきたアケミは、おもしろそうに、にやにやしながら、しきりに、おれに挑発をかけた。そして、タクシーを待つあいだ、

「よう一美。おめえのボーイフレンドは、けっこう、かわいいじゃんか、おれにゆずれ！」

とか、

「弘君！　せっかく一美にあったんだから、手をつないでやれえ！」

とかいって、おおわらいした。

おれたちは、タクシーにのって、一美の家へ向かった。

タクシーのとまる音をきいて、一美のおふくろが顔を出した。一美のおふくろは、ちらっと一美を見たが、べつになにもいわず、

「さあさ、みなさん、よくいらっしゃいました。なにもありませんけど、きょうは、ゆっくり、遊んでいってくださいね」

と、みんなを応接室へ通すと、台所へ行ってしまった。おれは、なるべく、ぼろを出さないように、よけいなことをいわず、にこにこしているだけにした。ところが、気がつくと、一美がしきりにおれに合図を送っていた。あごのさきで、出て行けというのだ。おれが首をひねっていると、アケミが見ていたのだろう、アケミがおれにいった。

「ママのところへ行って、手つだいなさいってよ！」

「あ、そうか！」

おれは、あわてて、台所へとんでいった。

「いま、声をかけようと思ってたところなのよ。気がきいたわね。おしぼり持ってってちょうだい。ママ、すぐアイスクリームを持って行くから」

一美のおふくろが、にこにこしていった。みんなにおしぼりを配ったところで、一美のおふくろがアイスクリームを持って来た。そこでおれは点数かせぎをした。

「ママ、手つだうことがあったら、声をかけて。すぐ行くから」

「いいのよ。あなたは、ここで、みなさんとお話ししていらっしゃい。ひさしぶりに来てくださったお友だちでしょ」

一美のおふくろは、そういって、応接室を出て行った。でも、なんとなく、へんてこなふんいきだった。一美は、なにかというと弘の顔を見ていたし、アケミは、そんな一美をじろじろ見ていた。

「あのう……」

一美が切り出した。

「一美サンニ、学校ノヨウスヤナンカ、話シテヤッテクレマセンカ。黒沢《くろさわ》先生ノ赤チャンノコトナンカ……。黒沢先生ハ弘君ノイトコト結婚シタンデスヨネ」

「あれ？　きみ、どうして知ってるの？」

弘がふしぎそうな声をだした。

「ナニ、一美サンカラ聞イタンデスヨ。アンタノコトモ……。アンタガスゴク、カッコイイ男ノ子ダッテ聞イテタンダケド、アッテ見テ、ソノ通リナンデ、安心シタンデスヨ」

「そんなでもないけど……。まあ、きみにくらべればね」

おれは、一美との約束で、ただ、「エエ」とか「ソウヨ」とかだけ、いってればいいことになっていたのだが、その弘の、いかにも相手をこばかにしたような態度に、

かっときて、思わず、

「へっ！　よっぽどいい気でのぼせてやがらあ！」

と、いってしまった。と、それを聞いてアケミが、いたずらっぽい目をきらきらさせて、おれに調子をあわせて、男の子みたいに、

「ほんとだ！　一美のボーイフレンドは、そんないやみのないところがいいよ。気にいったな。ちょいかりるぜ」

というと、いきなり一美にとびついて、キスしたのだ。一美もたまげたが、弘も思わず、

「あ、あ、あ、アケミさん！」

と、うわずった声をだした。すると、アケミは、弘を見ていった。

「うるせえ、やくな！　もんくあるなら、一美にキスしてやれえ！」

さすがに弘は、とほうにくれたような顔をして、おれを見た。おれも、こんなやつにキスなんかされちゃたまらないから、身がまえた。ところが、それを、もうひとり、あっけにとられて、見ている人物がいた。一美のおふくろだ。

だが、アケミは、びくともしなかった。

「いやだわ、おばさまにはずかしいところを見られちゃったわ。でも、気にしないで。

いまあたしたちのあいだじゃ、女の子がふざけて、男ことばを使って、男の子みたいなことをするのが、はやっちゃってるのよ。あたしなんか、家へもどっても、つい、くせになっちゃって、年じゅう母にしかられてるんだけど、一美ちゃんは、そんなことありません？」

一美のおふくろは、困ったような顔をしておれを見た。すると一美がいった。

「ヨセヤイ、一美チャンハ、アンタミテエニ、ランボウナコトハシネエヨ。ナンタッテ、オレタチノクラスジャ、イチバン女ッポインダカラナ」

10　あいつがしってるもどれない秘密

一美の親友で、吉野アケミという子は、なかなか機転のきく、りこうな子だった。この子のおかげで、一美のおふくろは、あまり、おれを怪しまなくなった。もっとも、おれも、それ以来、いっしょうけんめいに斉藤一美になるようにふるまった。

ところが、一美のほうは、ひそかに思い続けていたボーイフレンドの山本弘が、ちょっとばかり、うぬぼれの強い、いやなやつだとわかってしまって、ひどくがっかりしたみたいだった。

一美の誕生パーティーは、なんだかちぐはぐしたみたいなふんいきで、楽しいなんてものじゃなかったけど、とにかく無事に終わって、おれと一美は、アケミと弘を送って駅まで行った。とちゅう、アケミは、わざと一美と手を組んで、ふざけるようにしながら、なにやら一美をなぐさめていた。

それを見て、弘はへんな対抗意識をもやして、おれのほうへひっついて来たから、おれは、すいとからだをかわし、

「ゴメンネ、アタシ汗ッカキダカラ……」

と、あまり、理由にもならないことをいった。そんなおれを見て、弘がいった。

「なんとなく、ふんいきが違うんだな。前の一美さんて、よくしゃべって陽気な子だったみたいなんだけど……。なんだか、ドスがきいてるっていうか、こわいみたいだよ」

「ダカラ、ドウシタッテイウノ？」

「ことによると、一美さんは、ぼくなんか、問題にしてないのかもしれないな」

おれはだまっていた。それが、弘に「そうだ」といっているように受けとられたのか、弘は、駅までしょぼんとしてあるいていった。

一美とおれは、ふたりを見送ったあと、だまりこくってあるいた。そして、おれたちは、おたがいに顔を見合わせただけで別れた。

そんなこともあったためか、あれほど、おれの様子を見にきていた一美は、ぴたりとあらわれなくなった。アケミからは、礼状がきて、ふたりのことを気にしている、できたら、またふたりとあいたい、と書いてあったが、おれには、どうしてよいか、

わからなかった。おれのほうから、なんども一美に電話をかけたが、いつでも、るすだった。

それに、おれのほうも、一美のおふくろの、大おばさんとかが、たおれたとかで、おふくろが、ずうっと泊まりこみで看病に行ったりして、その間、兄きたちの食事作りやら、るす番やらで、けっこういそがしくて、一美の家へ行くこともできなかった。

＊

夏休みが終わり、二学期が始まったとき、一美は学校へあらわれなかった。掃除のとき、おれは、一美の近所……つまり、斉藤一夫の家の近所の同級生の、マサネコこと、金子《かねこ》正夫《まさお》に目をつけた。もともと、マサネコは、ゆだんのならないやつで、強いやつには、へこへこするくせに、弱いやつをいじめるみたいなところがあって、おれは好きじゃなかったが、ひとのうわさなら、どんなことでも知っているので、それとなく、聞いてみることにした。

「ネエ、金子君。斉藤一夫君が来テナイケド、ドウシタノカシラ？」

マサネコは、これまで、女の子にそっと話しかけられるなんてことがなかったのだろう。うれしがって、にこにこしたうえに、ハアハア息をはずませながら、おれをろうかのすみへつれていって、おれの耳に口をつけるみたいにしていった。

「あのなあ、おまえは、なんにも知らねえらしいから、話してやるけど、あんなへにゃへにゃしたやろうは、ボーイフレンドになんか、しねえほうがいいぞ。いざってときは、あんまりたよりになんねえからな」

「ドウシテ」

マサネコは、いそがしく目をぱちぱちやりながら、あたりを見まわし、ズボンのまたのところをつかんで、ぐっと、ひっぱった。これは、いつでも、マサネコが興奮したときにやるくせだった。

「あのなあ、ありゃ、てんでだめなやつよ。おれんちの町内の子ども会のきもだめしのとき、善満寺《ぜんまんじ》の墓場のところで、中学生のばけた幽霊にだきつかれて、失神しちめえやがったんだぜ。しょうがねえから、幽霊になったおにいさんがおぶってきたんだけど、そのおにいさんの背中がびっしょり！　あのやろう、失神しただけじゃなくて、しょんべんをもらしちまったんだぜ」

「カワイソウニ」

「ばかっ！　かわいそうにって、あいつは男だぞ！　あ！　そんで思い出したんだけど、あいつ、立ちしょんべんができねえんだって。しゃがんでやるんだとよ。そんで、しょんべんするのに、わざわざ、ウンのほうの便所へ、へえるんだとよ」

「フウーン」

おれは、いつかプールのわきを、うちまたで、はずかしそうに、背中をまるめてあるいていた一美のことを思い出した。

——あの調子じゃ、こんなこともいわれるかもしれねえなあ——

そのうちに、マサネコは、調子にのって、とんでもないことを、ばらした。

「へへへ……もうひとつ、いい話があるんだ。そんでなーあ、おれたち、もしかすると、あいつがどっかへ、チンポコを落としちまったんじゃねえかって、それをたしかめるために、カイボウしたんだ。ヒヒヒ……カイボウって、なんだか知ってるか？ 知らねえだろう。あいつのパンツぬがしてしらべたのよ。そうしたら、ちゃんと一人前に、ついてやがんの。わらわせるぜ。それなのに、ついてねえ女の子みてえに、ひゃあひゃあ泣きやがって、まったく、情けねえやろうだぜ！」

おれは、話を聞いているうちに、むかむかしてきた。一美の一夫が、てんでだめだろうと、頼りなかろうと、そんなことは、マサネコには、なんの関係もない。

——それなのに、頼まれもしねえのに、よけいなことをしやがって！——

おれは、ものもいわずに、マサネコの横っつらをひっぱたいてやった。

「な、なにしやがんでえ！」

マサネコは、あいてを女の子と思っているから、おれのえりがみをつかんで、すごんでみせた。おれは、その手をはねのけ、反対にマサネコのえりがみをつかんで、いってやった。

「なにしやがんでえだと！　うるせえやい！　てめえのやったことを考えてみろ！　ひとりじゃ、なんにもできねえくせしやがって、おおぜいで、よってたかって、あの子にへんなことをしやがったんだな。ひきょうじゃねえか！　おめえのやったことが、どんなことか、教えてやらあ！」

マサネコは、ハトが豆鉄砲くったみたいに、ぽかんとしていたが、おれは、マサネコのからだをぐるっとひきまわして、マサネコのズボンを、パンツごと、ひきずりおろしてやった。

「ギャーッ！」

マサネコが、世にもないひめいをあげて、ろうかにすわりこんだので、おれは、そのしりをけとばしてやった。さわぎを聞きつけて、みんながあつまり、おれとマサネコのあいだに割ってはいった。マサネコは、半ベソでズボンをひきあげ、くやしまぎれにいった。

「なんだこの、オトコ女！　おめえなんか、一夫のチンポコでももらって、男になっちめえ！」

「ふん！　できるもんなら、そうしてえや。なんだったら、おめえのチンポコをひっこぬいて、まにあわしてやろうか！」

みんなが、どっとわらった。でも、おれは、わらいごとじゃなかった。本気で、そう思ったのだ。

さわぎがおさまったところで、女の子たちが、おれのまわりへあつまってきて、口ぐちにいった。

「ほんとに、胸がスウーッとしたわ。あいつ、だれも見ていないところで、女の子にエッチなことするんだから」

「斉藤さんて、やるわねえ！　だれか、あの人を、やっつけてくれればいいいって、思ってたところだったのよ！」

でも、そのなかのひとり、川原敬子《かわはらけいこ》が、おれだけに聞こえるように、そっといった。

「でも、あれは、ちょっとやりすぎね」

「エエ、ソウネ」

おれも、内心そう思っていたので、そういった。川原敬子は、じっとおれの顔を見て、いった。

「あなたって、ほんとは、すなおなのね」

この子は、あの吉野アケミににていて、男子からは、お高いだの、なまいきだのといわれていたが、女の子には、人気があった。でも、あんまり、しげしげと顔を見られたので、おれははずかしくなって、逃げ出した。

——なるほど、『ほんとは、すなおなのね』か——

おれは、敬子のいったことばを、頭の中でくりかえした。たしかに、そういわれても、しかたがなかった。おれは、一美のからだになってから、ただの一度もクラスの女の子と遊んだことがなかった。しょっちゅう一美とくっついているわけにもいかないので、はなれて、男の子の遊びのほうばかり、見ていた。なんどか、仲間に入れてくれとたのんだこともあったが、へんな目で見られ、ことわられた。

そういえば、一美も、男の子と遊んでいる様子はなかった。おれとおなじように、みんなからはなれて、ぽつんと女の子の遊びばかり見ていたようだった。

午前中で学校が終わり、家へもどると、家はからっぽで、テーブルの上に、にぎりめしと、おき手紙があった。手紙には、一美のおふくろの字で、夜までにはもどるから、これで昼食をすませておくように、夜の食事は、すぐ食べられるものを買って帰るから、心配しないようにと書いてあった。

にぎりめしは、味噌《みそ》をつけて、焼いたやつが、三人分、皿にもってあった。おれは、それを、ふたつ、アルミのホイルにくるみ、バスケットに入れると、一美のおふくろの手紙のすみに、〈夕方までにもどります、一美〉と書き加えて、家を出た。

もちろん、一美の様子を見に行ったのである。一美も、うかない顔で、ひとりでるす番していた。

「かぜひいちゃったの。それに、ママの同級生が入院したとかでお見舞いに行ったもんだから……」

「ちぇっ！　しょうがねえなあ。かぜひいてる子どもにるす番させて、他人さまの病気見舞いに行くなんて！」

「そうじゃないのよ。かぜは、もういいんだけど、学校へ行くのが、おっくうになっちゃって……」

おれは、バスケットの中から、にぎりめしを出して、ひとつを一美にわたした。

「食えよ。おまえのおふくろさんが焼いたにぎりめしだぜ」

「ありがとう。あたし、もうせんから、遠足のときなんか、よく、これを作ってもらったのよ」

おれたちは、だまって、にぎりめしを食った。

「休み中、ずい分、電話したけど、通じなくて……。うん。あんたのママ、頼まれて、パートに行ってたの。あたしは、たいがいお弁当持ちで、図書館に行ってたの。それに、あたしがあんたんとこへ電話すると、どういうわけか、話し中で……」

「ああ、上の兄きが、よくガールフレンドとながい電話をかけていたし、おふくろさんは、横浜《よこはま》の大おばさんだかが病気になって、看病に行ってて、ときどき、電話で、その日の献立をいいつけたり、兄きたちにお説教したりしていたからな。病気は、なおったらしいぞ。それに、外国へ行ってたむすこ夫婦がもどったんだってさ」

「そう」

「あのさ、あしたから学校へ来てくれよ。おまえの顔が見えねえと、心配だから……」

「うん。なるべくそうする」

そういってから、一美は、ため息をついた。

「おまえが学校へ行きたくない気持ちは、わかるけどさ」

「わかる?」

「ああ。オスガキどもが、マサネコなんかが、へんなうわさをたててるからな」

すると一美は、いきなりテーブルに、顔をふせて泣きだしてしまった。

「かわいそうになあ」

おれは、泣いている一美の背中を、そっとさすってやった。一美は、涙をふいて、顔をあげた。

「ごめんね。なんとなく怪しいふんいきだったんで、気をつけてたんだけど、みんなに、よってたかって、やられちゃったのよ」

「気にするなよ。男は、それで嫁に行けなくなるなんてもんじゃねえからさ。それより、マサネコのほかには、だれがいた?」

「よくわからない。でも、仕返しなんかしないで。あいつは女の子にいいつけて、かたき討ちしてもらったなんていわれて、また、なにをされるかわからないし、そうなったら、相手はおおぜいだから、とっても、ふせぎきれないし……。ただ、あたし、あんたに悪くて……」

「なにが」

「だって、あたしのせいで、斉藤一夫が、へにゃへにゃのふぬけの男の子みたいに、いわれちゃうんですもの。前のあたしは、そんな男の子のひとりやふたり平気だったのに、どうしてか、だめなの」

「気にするなよ。どうせ、おれは、もともとそんなりっぱなオスガキだったわけじゃねえんだから。つらだって、スタイルだって、あの山本弘ほどよくねえし、第一、頭もよくねえし、すぐ頭に来て、けんかするし、お調子ものだし……。なにいわれたって、もともとなんだから、むりすんなよ」

「ごめんね」

一美が、また泣きだした。

「よせよう！　あやまるのは、おれのほうだよ。通信簿の成績もおっことしちゃったし、なるべく、かわいい、おとなしい、上品な女の子みたいにしていようと思うんだけど、つい男のときの悪いくせが出て、かっとなっちゃって。……ほんとのこといって、きょうも学校でやっちまったんだ」

「なにを」

「だから、そのマサネコのズボンをぬがせて、しりっぺたをけとばしてやったんだ」

「まあ！」

「だって、あんちきしょう、みんなで一夫をカイボウしたなんて、おれにいうんだもん。あとで、川原敬子にやりすぎだって、いわれちゃったけどさ」

「そう。でも、それはしょうがないわね。もとはといえば、金子君が張本人なんですもの……」

そういって、一美は、かすかにわらってみせた。かすかだったけど、この日、はじめて見る一美の笑顔なので、おれは、いくらかほっとした。それにしても、一美は、なにか、ひとつさえなかった。カイボウされたことが、よほどショックだったのか……。

「おふくろは、やさしくしてくれるか？」

「ええ、一学期の成績がきゅうによくなったって、とってもよろこんでくれて、なにか、ほしいものをいいなさいって、いってくれたけど……」

「それで、なに買ってもらった？」

「なんにもいらないっていっちゃった」

「ばかだなあ。ラジコンのセットかなんか、ねだればよかったのに……」

「ごめん。そこまで考えつかなかった」

「それにしても、からだがいれかわるんなら、もうすこし、ましなオスガキといれかわればよかったのになあ。そうすりゃ、すこしは、いいめにあったかもしれないもんな」

一美は、首をふった。

「あたし、そんなふうには思ってないわ。あんたといれかわってから、あんたが、とってもやさしい男の子で、勇気のある人だってことがわかってきたの」

「へえ、そりゃまた、どうしてさ」

「だって、あたし、ときどき、知らないおばあさんだとか幼稚園の子たちから、『一夫さん』とか『一夫おにいちゃん』なんて、声をかけられて、あのとき道案内してもらったから、孫のお産にまにあって、それがこの赤ちゃんだとか、あのとき手当てしてもらった小鳥がいまどうしているとか、話しかけられるのよ。……なかには、どういうわけか、なにもいわないでにらみつけるおばさんもいるけど……」

そういうと一美は、くすっとわらった。

「あ、わかった！　黒くてまんまるいふちのめがねをかけた、太ったおばさんだな」

「そうよ。あんた、あのおばさんに、なにしたの？」

「うーん。あれさあ、ことしの春休み、バスから降りようとして、荷物がひっかかってて、降りられないようだったから、ひっぱって降ろしてあげたんだよ。そうしたら、降りるんじゃなくて、乗るとこだったんだってよ。ヤバイの。それから、あのおばさん、おれをにらむんだけど、しつこいなあ、まだ、にらんでるのかあ」

一美は、はじめて、声をたてててわらった。でもそのそばから、ふっとだまりこんでしまうのだ。

「な、おい。おれ、どうしたらいい？　おれで役に立つようなことがあったら、いってくれよ。おまえのいうとおりに、するからさ」

「いいの、心配しなくても」

「そうはいかねえよ。おめえはおれで、おれはおめえなんだもの。なんだったら、あの山本弘をもう一度よんで、なかなおりするようにしようか？」

「よしてよ。あんなきざなやつ。女の子だったときは、あれがいいと思ったんだけど、じぶんが男の子になって、あいつをよく見たら、あんなの、ちっとも、よくないってことがわかったの。へんなもんね。それより、斉藤一夫君は、大きくなったら、なんになろうと思ってたの？」

　いきなり聞かれて、おれは、考えこんでしまった。そりゃ、飛行機のパイロットになりたいとか、カーレーサーになりたいとか思ったときもあったけど、はっきり「これだ」ときめたものなんて、なかった。

「なんだって、そんなことを聞くんだよ」

「だって、これっきり、もう、もとへもどれないとしたら、将来のことを考えておかなくちゃいけないでしょ」

　それを聞いて、おれは、どっきーんとした。

——これっきり、もとへもどれない？　そんなばかな！——

おれは、そう思った。でも、よく考えてみたら、まちがいなく、もとへもどれるなんて保証はどこにもなかったのだ。

——おれも、どうかしてるよ。一美のことばかり心配していたけど、こりゃ、おれのことだって、心配しなきゃあ……——

そう思ったら、おれは、ものすごく不安になった。世の中には、ときたま、女の子に生まれたかった男の子なんてのもいるらしいけど、おれには、もともと、そんな気はなかった。

それに、おれは、ひと夏の経験で、こりごりしてしまったのだ。女の子というものは、ものすごく不便だ。いつもからだを清潔にしていなくちゃならない。パンツいっちょでひっくりかえっているわけにはいかない。月に一度は神妙にしていなくちゃならないときがある。しょっちゅうヘアブラシをかけなくちゃならない。やたらに台所の仕事をさせられる。やたらに行儀よくしなさいといわれる。やたらに愛想をよくしろといわれる。それにふと気がつくと、いつも男どもにじろじろ見られている。

「ねえ、一夫君。あんた大きくなったら、なんになろうと思ってたのよ」

「お、おれ、そんなこと、本気で考えたことなかったよ。でも、おれ、男になりてえ!」

「あたしだって、もとの一美の女の子にもどりたい!」

そして、おれたちは、だまりこくってしまった。

しばらくして、立ちあがった一美は、食器棚のガラス戸にうつっているじぶんの姿を見て、ひとりごとをいった。

「いざとなったら、整形手術するわ。それにいまは、胸だって、人工的につくれるんですもの」

「よ、よせやい! とんでもねえことをいうなよ。その顔は女向きの顔じゃねえぞ。第一、そんなことしたら、もとへもどったとき、どうすりゃいいんだよ!」

「多分、もどれないと思うわ!」

どうやら一美は、その秘密を知っているみたいだった。

「どうして」

「あのね、まだ本決まりじゃないんだけど、多分、斉藤一夫君の一家は、この町から、引っ越すことになるはずよ」

「ええっ?」

「斉藤一夫君のお父さんは、その腕を買われて、こんど新しく関西《かんさい》のほうにできる会社によばれているのよ」

「そ、そりゃ、いつの話だよ」

「一夫君のお父さんがいうには、来年三月、一夫君の小学校の卒業式がすんだあたりが、区切りがいいっていってるわ」

「そんな、おれにひとこともなしで！」

おれは、思わず泣き声を出してしまった。

11　おれが殺したおばあちゃんの法事

おれは、手ひどいショックを受けて、家へもどった。とにかく、来年の三月の卒業式までに、なんとかならないと、おれたちは、ほんとうにはなればなれにされ、このまま、かりものの姿で、一生を送らなければならないことになるのだ。

そうかといって、こんなへんてこな話は、だれにでも相談できることじゃない。特に、おとなには気をつけなくちゃならない。うっかりしゃべったりすると、一美のおふくろみたいに、すぐに脳外科の医者のところへ連れていくだとか、精神科の医者にみせようだとか、大さわぎするにきまっているのだ。

おれたちは、せいぜい学校で、おたがいの情報をやりとりするだけになってしまった。もちろん、情報といったって、例のおやじの転職が本決まりになったらしいとか、おやじが神戸《こうべ》のほうへ家をさがしに行ったとか、いま住んでいる家を不動産屋が見に来たとか……だいたいが一美のほうのニュースで、それもだんだん、めいってくるような話ばかりだった。

それに、二学期から教室の席の入れかえをしたので、おれと一美は、はなればなれになった。だから、朝、一美がそっと、そういうニュースをささやいて行くのだが、その日はもう一日だめだった。

そんなある日、川原敬子から、遊びに来いと電話がかかってきた。一美のおふくろは、あいてが女の子だったので、安心して、遊びに行けといった。おれは、とてもそんな気になれないので、断ろうとしたら、敬子が「斉藤一夫君のことで、話があるの」というので、おれも行く気になった。

敬子の家へ行くと、敬子がとちゅうまで出むかえていてくれた。おれは、このへんはよく知っていたが、敬子は、おれのことを転校生の斉藤一美だと思っているので親切だった。

おれは、庭に面した風通しのよい、リビング・ルームに通された。おれは、ぼろを出さないように、用心して、よけいなことをいわず、ただにこにこしているだけにしようと思った。

「あのね……」

敬子は、そういって、おれを見た。

「あたし、じぶんでも、とっても、おせっかいだと思うんだけど、とっても気になるんで、お話ししたかったの。あなたと斉藤一夫君は、どんな関係なの？」

「カ、関係ッテイッタッテ……」

「あなたが転校してきたとき、同じ幼稚園で、いっしょの幼な友だちみたいなことをいってたけど、ただ、それだけ？」

おれは、なんといっていいかわからず、困って敬子の顔を見た。

「もし、気にさわったら、悪いんだけど、あなた、斉藤一夫君とのおつきあいをやめたら？」

「ドウシテ？」

「だって、ふつう、男の子と女の子のおつきあいっていうのは、楽しいものじゃないかしら？　それなのに、あなたたちは、毎朝、顔を合わせて、なにかひそひそしゃべるだけで、それも、まるで親の病状でも話し合うみたいな顔で、あとは、おたがい、いまにも泣きだしそうな顔で別れ、授業中も、おたがい、どっちかをうらめしそうに見ているわ」

おれたちは、じぶんたちのことしか、頭にないので気がつかなかったが、そばで、おれたちのようすを、こんなにこまかく観察していたものがいたというのは、ほんとにおどろきだった。

「転校してきたときの一美さんは、ちょっとびっくりするくらい、にぎやかな人だったけど……。そりゃ、いまでも、かっとすると男の子顔負けのらんぼうもするけど、いまのあなたは、あのときとは、くらべものにならないくらい陰気くさくなってるわ。それに、あなたが、ほかのだれか、女の子なんかと口をきいているのを見たことないわ」

たしかに、敬子のいうとおりだった。おれは、だんだん不安になってきた。

「おなじことが、斉藤一夫君にも、いえそうなのよ」

おれは、どきんとして、すわりなおした。

「考えてみたら、あたしは、斉藤一夫君とは三年生のときから、組がいっしょなの。斉藤君は、あんまり目立つ子じゃないけど、とってもおもしろい子だったわ。すごくてれやで、女の子とは、めったに口をきかないけど、すごく親切で、いつかあたしが本屋さんのところで、おいておいた自転車がたおされて、ハンドルはまがるし、鍵《かぎ》はめりこんじゃうし、困っていたら、自分の自転車のバッグから工具を出して、なおしてくれたの」

「そういえば、そんなことが……」

いいかけて、おれは、はっとして口をつぐんだ。

「あら、あなた知ってたの?」

「イイエ!」

「それで、あたしがつぎの日、学校でお礼をいったら、『へえ、そんなことあったっけ!』なんて、とぼけたりして……。そういえば、五年生のとき、あたしたち同じ班で、社会科で市立資料館へ行ったとき、あたし、お金を落としちゃったの。それで帰りのバスに乗れなくて困っていたら、あたしに回数券をくれて、自分は近所に知っている家があるから、そこでお金をかりて来るから、安心して帰れって……。それで家へもどってから、お金を返しに行ったら、カレ、まだ帰ってないのよ。知り合いの家がるすで、カレ、あるいて帰ってきたの。そのときだって、ケロッとしてるのよ。その斉藤君が、あなたが転校してきてから、人が変わっちゃったみたいに、だまりこくって、いつでもひとりぼっちよ。みていると遊びにさそわれても、『頭がいたいから』とか、『調子が悪いから』とか、そんなことばかりいって、断ってるわよ。そればっかりじゃないわ。あたしたちの四年生のときの先生は、芦田《あしだ》光子《みつこ》先生っていって、お嫁に行って、学校をやめたんだけど、芦田先生が町で斉藤君を見かけて声をかけたら、

『あのう、どなたでしたか？』って、聞かれちゃったんですって」

「ヤバイ！」

おれは、思わずいってしまった。敬子は、目をまるくして、おれを見たが、すぐに気をとりなおして話を続けた。

「そうよ、たしかに、ヤバイわよ。ことによると、カレ、記憶をなくしたのかもしれない……」

「ソ、ソレ、アタシノセイダッテイウノ？」

「そんなこといってないわよ。でも、なにかありそうね。なんか、秘密が。それで、あなたも斉藤君も、困っているように見えるんだけど、どう？……このあいだ偶然、パパの車で、あなたんちのそばを通ったの。そうしたら、斉藤君が、あなたんちを見ながら、泣いてたわよ」

「ソ、ソンナコトガアッタノ？」

「ねえ、あたし力になりたいの。あんなかわいそうな斉藤君、見ていられないの。あなただからいうけど、あたし斉藤君のこと、きらいじゃないわ。だから、かわいそうなの」

それを聞いたら、涙がでてきた。おれのほっぺたを、あつい涙がつー、つーっと流れ落ちた。一美もかわいそうだけど、おれだってかわいそうなんだ。

「ソノコトナンダケド……」

おれがいいかけたところへ、幼稚園へ行ってるくらいの男の子が、電動のミニカーと、ドライバーを持ってやって来た。

「おねえちゃん、なおして。動かなくなっちゃったの」

「あら！　敏夫《としお》にいさんのものをいたずらして、こわしたのね！」

とたんに、その子が泣きだした。

「これ、姉の子なのよ」

敬子が説明した。おれはミニカーについてなら、ちょっと自信があった。おれは、だまって、ミニカーをとりあげ、ドライバーで、うらぶたをあけてみた。原因は、すぐわかった。うらぶたのしめすぎで、電池がよけいなところへ接触しているのだ。それをドライバーの先でつついてなおし、もとどおりうらぶたをしめて、スイッチを入れると、モーターがチュウーンとうなりだした。

そこへ中学生が来た。敬子の兄だった。敬子の兄は、おれのなおしたミニカーを見て首をひねった。

「あれ？　それ故障してたはずなのに」

「このひとが、なおしてくれたのよ。敬子のクラスメートで、斉藤一美さんなの」

おれは、あわてて、ペコリと頭をさげた。

「そう。ぼく川原敏夫。二中の二年生。しかし、メカに強い女の子って珍しいな」

「ソンナニ強クナインデス。デモ、コノメーカーノモノハ、色ヤ大キサガイイノデ、ツイ手ガ出マスケド、スグ接触不良ヲオコスクセガアルンデス。最近ノハナオリマシタケド、コレ古イ型ナンデス。ウラブタニチョット、パッキングカマセタライイカモシレマセンネ」

「へえー。こりゃおどろいた。ぼくも、そうじゃないかとは思ってたんだけど……」

そういって、敬子の兄は、おれをじろじろ見た。敬子がもんくをいった。

「ちょっと敏夫にいさん。じゃまよ。あたし一美さんと、こみいった話をしてるんだから！」

「おれも聞きたい。だって、この人、おまえがいままで連れてきた友だちで、一番美人だもん」

「だめ！　女の子の話を聞きたがるなんて、いやらしいわね！」

敬子は、じゃけんに、兄きを追いはらってしまった。

「へんねえ……」

敬子がいった。

「あたし、いまミニカーをなおしている、あなたを見てたら、斉藤一夫君と、いっしょにいるときみたいな気がしちゃった。あの人も、こういうのに強いらしいのよ」

おれは、よっぽど、おれたちの秘密をしゃべってしまおうかと思ったが、やめにした。一美と相談しないで、同じクラスの女の子にしゃべったら、一美がショックを受けるだろうと思ったからだ。

「セッカク、ソンナニ心配シテモラッテイルノニ悪イケド、コノコトハ、シバラク私タチニマカセテオイテホシイノ。ソレカラ、アナタノ気ノツイタコト、マダ、ダレニモイワナイデオイテ。私キョウノコト、トッテモアリガタイト思ッテルワ。一夫君ニ、コンナイイ友ダチガイテ、ウレシカッタワ」

「いいわ。わかったわ。でも、気をつけて。あたし、あなたたちがへんなことにならないように、おいのりしてる」

「ヘンナコトッテ？」

「そんなことは、ないと思うけど、よく新聞に出てるでしょ、心中っていうのが」

おれは、ぎょっとした。でも、すぐに、

「ダイジョウブヨ！」

とわらってごまかした。ほんとうは、だいじょうぶどころじゃなかった。もしかすると、一美のほうから、そういってくる危険があったのだ。

おれは、敬子がわざわざ、おれのためにやいてくれたケーキをごちそうになって、家へもどった。

そのとき、一美のおふくろが、親戚《しんせき》に電話をしていた。

「……それで、こんどの日曜日に、おばあちゃんの七回忌の法事をやろうと思うの。みなさんのご都合をうかがったら、こんどの日曜日なら、なんとかなるっていうの。だから、おたくでも都合つけて。お願いします」

おれは、とびあがった。一美が、おれが殺したといった、おばあちゃんの法事なのだ。それに法事ということになれば、一美の親戚がいっぱいくる。でも、おれには、だれがだれだかわからないから、どんなへまをやらかすかわからない。そんなところを、一美のおふくろに見せたら、また、脳外科だの精神科だのって、さわぎだすにきまっている。

おれは、電話をおいてメモをつけている、一美のおふくろにいった。

「ママ。オバアチャンノコトデ、聞イテオキタイコトガアルンダケド……。オバアチャンハ、ナンデ死ンダノ?」

「心臓発作よ」

「アノ……何カヘンナモノ飲ンデ死ンダンジャナイノ？」

「へんなもの？　それどういうこと？」

「タトエバ、ソノ……殺虫剤ミタイナモノ」

「あんた、なにいってんの？」

一美のおふくろは、あきれたような顔をして、おれを見たが、きっぱりといった。

「あれは心臓発作です！」

「ソノ、心臓発作ッテイウノハ、ナニカノショックデナルンデショ？」

「医学的には、そうでしょうね」

「アノ、タトエバ、アゴヲポントヤッタリスルトカ」

一美のおふくろは、またもや目をむいて、おれをにらんだ。

「ちょっと！　あんた。母親に殺人の嫌疑をかけようっていうの？　そりゃ、たしかに、おばあちゃんが息を引き取ったとき、そばには、あたしひとりしかいなかったけど。あたしが洗濯ものをほそうとしていたら、おばあちゃんがへんなせきをしたみたいだったから、行ってみたら、もう息をしていなかったのよ」

「デモ、アタシタチガ幼稚園カラ帰ッテ来タトキ、オバアチャンハイスニスワッテタケド」

「あのときは、もう、おばあちゃんは死んでいたのよ。それで、あたしがかかりつけの山口《やまぐち》先生をよびに行ってるとき、あんたたちが帰ってきたのよ。そういえば、あのとき、一夫ちゃんもいっしょだったわね」

おれは、思わず大きなため息をついて、へなへなと、いすに腰をおろした。

「あいつう！」

「どうかしたの？」

「ダッテ、一夫君ガ、オバアチャンヲ殺シタノハ、私《わたし》ダッテイウノヨ」

「えっ？」

「私ネ、アノ時、オバアチャンガ口ヲアケテネテイルト思ッタノ。ソレデ、ハエガ出タリ、ハイッタリスルンデ、ダルマ落トシノトンカチデ、アゴヲパチントヤッテシメタノヨ。ソノセイダッテイウノ」

一美のおふくろは、あきれたように、おれを見ていたが、きゅうにわらいだした。

「ダカラ、私、ソノマエニ、オバアチャンノ口へ、殺虫剤ヲシュウーッテヤッタ、一夫君ノセイダッテイッテヤッタノ」

「う、まあ！」

「ダカラ、罰トシテ、一夫君ヲ法事ニヨンデ、オバアチャンニオ線香アゲサセテヤルワ」

「それは、いい考えだわ」

一美のおふくろは、そういってわらった。

12 おれがおれならあいつはあいつに

一美のおふくろが賛成してくれたので、おれは、一美をおばあちゃんの法事へつれだすことに成功した。

法事は、都内の、もとおれたちが住んでいた家の近くのお寺でやった。おれは、一美によりそってもらって、とにかく、親戚の人たちとあいさつをした。

「いい？　向こうから来るのが、本郷《ほんごう》のおじさん。といっても、おばあちゃんの末の弟なの。きちんとあいさつしてね。うしろから来るのが武美《たけみ》君ていうの。中二よ。気をゆるしちゃだめ。すぐにエッチなことをしたがるから……」

なんのことはない、おれは、監督のいうことをきいて、演技している役者みたいなもんだった。

問題の武美が、にやにやしながら、おれのそばへよって来て、そーっといった。

「ふふふ、ぐうーっと女っぽくなったじゃねえかよ。もう、毛が生えたか？　ヒヒヒ」

おれは、その目つきが気にいらなかった。

――やなやろうだぜ。ぶっとばしてもいいか？――

おれは、そういう意味で、一美を見た。一美が「ぶっとばしてもいい」という目つきをしたので、おれは、

「失礼！」

といいざま、武美のむこうずねを、けりあげてやった。

「いていていて……」

武美は、そういうと、わざと大げさに、すわりこんだ。本郷のおじさんが、じろりとにらんだ。そうしたら、一美が思わず、言いわけをしてしまった。

「だって、武美さんが、ドエッチなことをいったんですもの」

本郷のおじさんは、けげんな顔をして、一美とおれの顔を見くらべていた。おれは、あわてて一美を紹介した。

「アノ……コノ人、幼稚園ノトキカラ、ズウットイッショダッタ斉藤一夫君ナノ。オバアチャンガナクナッタトキモ、アタシタチ、イッショダッタノ。一夫君モオバアチ

ャンニカワイガラレテイタンデ、キョウノ法事ニ来テモラッタノ」

おじさんは、なっとくしたみたいな、しないみたいな顔で、じろっと一美を見た。一美がせっぱつまって、ペコリと頭をさげた。

おれたちは、なるべく、親戚《しんせき》の人たちの目につかないように、境内をうろうろして、それから、本堂へはいった。

法事がはじまり、お経やら、お焼香やらあって、こんどはお墓へ行った。

ふと気がつくと、一美がいなかった。おれはあわてて、一美をさがした。いた。鬼《き》子母神堂《しぼじんどう》のかげのところで、武美につかまって、おどされていた。

「よう！　おれがドエッチなことをいっただと？　よくまあ、よけいなことをいってくれたよな。おめえは、一美のなんなんだよ。幼稚園から、ずうっといっしょだと？　それにだまってりゃ、いい気になって、まるで切手みてえに一美にぺたーっと、はりついていたじゃねえか。それだけじゃねえ。なにかあると、一美の耳もとに、ひそひそひそ。やることがいやらしいんだよ！」

そういうと武美は、一美の胸ぐらをつかんでゆさぶった。さすがに、一美はまっさおになっていた。

「いいか、一美のおばさんもいってたぜ。おまえのおかげで、迷惑してるって！　おまえが一美にぺたつくようになってから、一美の性格が変わっちまったってよ。悪いことはいわねえから、このままっすぐ、じぶんのうちへ帰んな。だいたい、おめえは、この法事になんの関係もねえんじゃねえか。アカの他人さんがでかいつらしてよそさまの法事にのさばってくるなんて、どういうことなんだよ」

かわいそうに一美は、ぽろぽろ、涙をこぼしていた。おれは、一美の胸のうちを考えると、なんともやりきれなくなった。そうでなくても、一美はめいっているのだ。そのうえに、そんなにいためつけられたら、一美は、ほんとうに死にたくなってしまうだろう。

おれは、そーっとうしろから武美に近づくと、いきなりえり首をつかんで、力いっぱい、うしろへ引きたおした。

「てめえみてえな野郎がいるから、一美が死にたくなっちまうんじゃねえか！」

そういいながら、おれは、ひっくり返った武美の横っ腹を力いっぱい、けりつけた。

「アギャウ！」

武美が、へんな声をだして、からだをまるめた。

「やめて！　一夫君！　やめて！」

一美は、むちゅうで、おれをとめた。

「とめるな！　こんなけちな野郎は、男じゃねえよ！　一美がかわいそうだよ！」

いつのまにか、おれまで、泣き声になっていた。

墓まいりのあと、みんなで、駅前の料理屋で食事をすることになっていたが、一美は、このまま帰るといいだした。むりもない。こんないやな思いをしたんじゃ、ごちそうどころじゃない。おれは、一美のおふくろにいった。

「一夫君、ナンダカ、具合ガ悪インダッテ。ダカラ、アタシ送ッテテク」

一美のおふくろは、迷惑そうな顔をした。でも、いまは、そんなことにかまってはいられなかった。

「モシ、途中デ、変ナコトニナッタラ困ルカラ、アタシツイテテク」

「それじゃあ、しょうがないわねえ」

一美のおふくろは、あきらめたようにいった。

おれは、みんなに一応のあいさつをした。ただし、武美には、なんにもいわず、にらみつけてやった。武美は、もぞもぞと、からだをゆすって目を合わせないようにした。

おれは、一美とならんで、駅へむかった。途中、一美は、ひとことも口をきかなかった。おれも、なんにもいえなかった。一美のためにと思って、おばあちゃんの法事によんでやったことが、かえって、よくない結果になってしまった。

電車の中でも、一美は、目にいっぱい涙をうかべて、遠くを見ていた。そんな一美を見ていたら、おれまで悲しくなって、涙をこぼしてしまった。いそいで、ハンカチを出そうと思ったら、ポシェットがないのに気がついた。お寺においてきてしまったらしいのだ。

一美がポケットから、ハンカチを出して、だまって、おれにさし出した。

「ありがとう」

電車の乗客たちが、ふしぎそうな顔をしておれたちを見ていたが、ひとのことなど、もうどうでもいいという気持ちだった。

森野駅へついた。一美は、「もうだいじょうぶ」だといったが、おれは、家までついて行った。

家には、だれもいなかった。一美は、鍵《かぎ》を出して玄関のドアをあけ、なかへ、はいったとたん、おれにだきついて、わあわあ大声で泣きだした。おれも、負けずに、わあわあひとしきり泣いた。

ひと泣きして、いくらか落ちついたのか、一美は、ハンカチで、おれの顔をぬぐってくれた。

「ココアでも飲む？」

「うん」

「おやじとおふくろは？」

「よく知らないけど、会社のえらい人のうちの結婚式だとかで、行ってるのよ」

一美が、ココアをいれてくれて、おれたちは、ダイニング・ルームのテーブルに、向かい合って腰をおろした。

「きょうは、どうもありがとう」

一美がいった。

「ううん。かえって悪かったみたいだな」

「いいのよ。あたし、すごく一夫君のこと、好きになっちゃったみたい」

「おれだって、おまえのこと、好きだよ。だから、おまえを守りたいんだよ」

「ありがとう」

「いいか。きっとなんとかなるから、へんな気をおこすなよ」

一美は、こっくりしたが、うんといわなかった。その一美が、じいっと、くいいるようにおれを見た。

「どうしたんだよ」

「あたし、あたしのからだが見たいの」

おれは、あわてた。

「ちょ、ちょっと待てよ。そりゃ、ま、これは、おめえのからだだけど、い、いまは、おれのからだなんだから。それに、ちゃんときれいにしてるから、心配するなよ！」

「でも、見たいのよ！」

そういうと一美は、たちあがって、おれのところへとんで来ると、いきなり、おれの胸をつかんだ。

「いたいっ！」

「ごめんなさい！」

一美は、力をぬいて、その手で、いたわるように、おれの胸をなぜた。おれの胸の奥が、きゅんきゅんといたんで、しびれるみたいだった。

「おれ、帰るぜ！」

このまま、ここにいたら、一美にはだかにされそうな気がしたので、おれは立ちあがろうとした。

「なによ。せっかくココアをいれてあげたんじゃないの」

一美は、おれをいすにおしつけるように、両かたをつかんだ。と思ったら、いきなり、おれにキスしたのだ。

おれの頭がぼーっとして、しびれたみたいになった。

「ウオッ！」

おれは、むちゅうで、一美をおしのけ、玄関へはしった。ダイニング・ルームでは、一美の激しく泣きじゃくる声がした。

＊

それからだ。また、一美が学校を休みだしたのだ。おれは、さすがに心配になって、家まで行ってみた。

おふくろが、げっそりした顔で、出て来たが、おれの顔を見ると、きっとなっていった。

「一美さん！　なにもかも、あなたのせいよ。あの子は、熱にうなされて、わけのわからないことを口ばしっているわよ！　となりのおばあちゃんは、キツネにとりつかれたんだろなんていっているけど、あたしは、そうは思わないわ。みんな、あなたのせいよ！」

そして、おれが、その理由を聞こうとすると、おれの目のまえで、バチーンと、ドアをしめた。おれは、とほうにくれた。

――えれえことになったぞ。もしかすると、あいつ、ほんとに病気で死んじゃうかもしれねえぞ。そうなったら、おれは、どうすりゃいいんだ？　いっそ、川原敬子に、みんなしゃべって相談してみようか……。でも、これぱっかりは、いいちえもうかばないだろうしなあ――

そんなことを考えながら、あるいていたら、おれの目のまえに、いきなり、自動車がとびだしてきた。おれは、ふうっと、気が遠くなってしまった。

気がついたら、おれは、病院のベッドにねかされていた。からだじゅうが、ぎりぎりといたんだ。左手が、かたから、がっちりと、ぶあついほうたいでまかれていた。どうやら、おれは、自動車にはねられたらしいのだ。

「ほんとによかったわ。骨を折っただけだったから……」

一美のおふくろが、おれの右手をさすりながらいった。

そして、おれは、とうとう、一か月も入院させられてしまった。そのあいだ、おれは、一美のことが心配で、なんども、一美のおふくろにたのんだ。

「ネエ、ママ、一生ノオ願イ、一夫君ニ会イタイノヨ。ネエ、一夫君ヲヨンデ！」

そのたびに、一美のおふくろは、首をふった。

「ママだって、なんども電話したわよ。でも、あたしだってことがわかると、一夫君のママは、だまって電話を切っちゃうのよ」

一度クラスの委員たちと、川原敬子が来た。みんなの前では、いえなかったけど、敬子に、そっと、一夫が学校へ来ているかどうか、たずねた。敬子は、だまって首をふった。

数日後、敬子がひとりで、来てくれた。

「デ、ドウダッタ?」

「だめなのよ。おばさんが、ぐあいが悪くてねているっていうだけなの」

「頼ムワ、大野先生ニ聞イテ」

「わかったわ」

敬子が、先生にいってくれたらしく、先生は、つぎの日のひるやすみ時間に来てくれた。

「あのね、一夫君は、神経性の頭痛という、診断書が出ているの。でも、勉強は、うちで、ちゃんとしてるっていうの。でも、試験だけは、なんとか受けに来るっていってたわ。あなたも、早く元気になってね」

先生は、それだけいうと、いそいで、学校へ帰ってしまった。

おれが、退院したのは、暮れもかなり、おしつまってからだった。一美のおふくろは、大事をとって、おれをおひなさまみたいに、かざっておいた。けれども、おれは、一美のことが気になって、いてもたってもいられなかった。家族のすきを見て、一美のところへ電話してみた。

「こちらは斉藤でございます。どうぞ、ご用件をおっしゃってください。のちほど、当方より、お電話をさしあげますので、そちらさまの電話番号もお忘れなく。ピン、ポン、ポーン」

なんと、テープの声なのだ。

＊

正月、二日の朝早くだった。おれのへやの窓ガラスをだれかが、こつこつとたたいた。いそいで、カーテンをめくると、おれの顔があった。いや、一美がいたのだ。

おれが窓をあけると、一美が早口でいった。

「たいへんなのよ。今月中に引っ越しですって。門のまえじゃ、見えちゃうから、下のお地蔵さんのところへ来て！」

「わかった！」

おれは、大いそぎで、服に着がえると、そーっと、玄関から出た。正月二日なので、うちじゅうが、安心して、ぐっすりねていた。一美が地蔵堂のまえで、あお白い顔をして、こっちを見ていた。おれは、ばたばた足音をたてて怪しまれないように、ゆっくり、地蔵堂へむかった。

と、一美が、ポケットから、なにやら、白い錠剤を出して、ぱっと口の中へ投げこむのが見えた。

——ヤバイ！　あいつ、死ぬつもりで、薬のんだな！——

おれは、むちゅうで、はしった。そして、一美にとびつこうとしたら、なにかにけつまずいて、宙をとんだ。そして、そのまま、ものすごいいきおいで、一美に体当たりしてしまった。

目の玉から、星やら花火がとびだし、鼻から、きなくさいにおいがつーんと脳天へのぼり、あたりがむらさき色になって、からだがずうっとしずんでいくような気がして、気が遠くなった。

気がつくと、おれの口の中は、ひりひりしたペパーミントの味がしていた。おれと一美は、だきあうようにして、地蔵堂の縁の下にひっくり返っていた。

おれは、そのまま一美をだきしめていった。

「おい！　おれ、会いたかった。死ぬほど会いたかった！　心配してたんだぞう！」

「あたしもよ！　あんたが自動車事故にあったっていうのに、あんたのママは、うちから出してくれないのよ」

おれたちは、泣き声をあげながら、おたがいに力を入れて、あいてをだきしめた。

「あれえ！　ちょっとまて！」

おれは、一美をつきのけた。なんとなく、おれの胸のあたりが、すうすうするのだ。

気がつくと、おれは一美の服……つまり、一夫の服、毛のえりのついた、ジャンパーを着ていた。

「ヤバイゾ！　洋服を着がえなくちゃ！　また大さわぎだ」

「え？」

一美は、ふしぎそうに、おれを見た。と思ったら、一美がとびあがって、金切り声を出した。

「ねえ、ぶって、ぶって、ぶって！　早く、ぶって、ぶって！」

おれは、一美がきゅうに、発作的におかしくなったのだと思った。ところが、一美は、やにわに、自分で、自分のほっぺたを、ぴしゃぴしゃひっぱたき、

「いたい！　いたい！　いたいわあ！」

といって、泣きだした。おれは、どうしていいか、わからず、あたりを見まわした。

正月の二日、それもまだ、朝早くなのだ。あたりは、しーんとして、通る人も、自動

車もない。

——ヤバイことになったぞ！——

と思ったら、一美が、もうれつないきおいで、おれにキスした。めちゃくちゃに、おれの口をすって、おれの口の中にあった、ペパーミントをすいとっていった。

——あれ？　そういえば、おれ、いつ、ペパーミントなんか、口へ入れたかな？——


ふと、そんなことを思ったら、一美が、こんどは、おれに、めちゃめちゃに、ほおずりしながらいった。

「ねえ、返ったよ！　あたしたち、もとへもどったのよ！」

「え？」

おれは、あわてて、一美をつきのけ、自分の胸に手をやってみた。おれの胸は、たいらだった。それから、はずかしいけど、いそいで、ベルトをゆるめ、ズボンの中へ手を入れ、男のしるしがあるかどうか、たしかめた。あった！　まちがいなく、ついていた。

一美も、おなじように、おれに背中をむけ、からだをこごめるようにして、パンツの中へ手を入れてたしかめていた。

「おい、ついてたか?」

「ついてない! なくなってる!」

おれたちは、また、だきあった。だきあいながら、ぽんぽんはねて、ぐるぐるまわった。

おれは、思い出した。六年生になったばかりのとき、おれと、一美のからだが、いれちがったのも、ここだった。むかし、悪ものに追われた娘に、いれかわったという、いいつたえのあるお地蔵さまのある地蔵堂のまえだった。

ふたりのはく息は、まっ白で、あちこちに霜柱が立っていた。でも、おれたちは、寒さなんか、とっくに忘れていた。

「よかった! おれ一美を愛してる!」

「あたしもよ。この世の中で、だれよりも、一夫君が好きよ!」

「よーし! おれ、いまから、立ちしょんべんするからな!」

「やって、やって、見ててあげる!」

おれは、地蔵堂を背中にして、大きくまたをひろげ、チンポコをひっぱりだした。

それから、しょんべんをした。しょんべんが、まっ白いゆげをあげて、ぴしゃぴしゃぴしゃっと、地面ではじけた。

「ちょっと！　あんたたち、そこで、なにしてるの！」

頭のほうから、声がした。一美のおふくろの声だった。とたんに、一美がいった。

「ママ、しばらく！　あ、あけまして、おめでとうございます」

一美のおふくろが、どんな顔をしたか、おれはしらない。なにしろ、おれは、そのまま、おれのうちへすっとんで、もどったからだ。

解説

斎藤 美奈子

全身にひどいショックを受けて、ハッ……と気づいたら、彼と彼女の中身と外身が入れかわっていた。『おれがあいつであいつがおれで』は山中恒の多くの児童読み物の中でも、特によく知られた作品のひとつです。

大林宣彦監督の映画『転校生』(一九八二年)の原作として知っている人も多いでしょう。尾道《おのみち》の美しい街並みや海を背景に、主人公を中学生におきかえて映画化された『転校生』で、斉藤一夫と斉藤一美を演じたのは、まだ十代の新人だった尾美としのりと小林聡美でした。ドキュメンタリータッチとでもいうのでしょうか、原作をかなり忠実に再現しながらも、中学生の物語に書き直された『転校生』には、悲壮感にさいなまれた二人が家出するエピソードなども織り込まれ、思春期の揺れる心をていねいに描いた映画として、いまも高い支持を受けています。

『とりかへばや物語』にも似た卓抜な設定が映像作家の創作意欲を刺激するのかもし

れません。『おれがあいつであいつがおれで』は、その後も何度となく映像化されてきました。フジテレビ系の『放課後』（一九九二年）もそうだし、ＮＨＫの『どっちがどっち！』（二〇〇二年）もそう。『放課後』の二人は高校生という設定で、主役を演じたのは、いしだ壱成と観月ありさでした。

『転校生』にしろ『放課後』にしろ、映像としてこの作品を見るとき、私たちは不思議な感覚にとらわれます。「男の子っぽい女の子」と「女の子っぽい男の子」が動いて喋《しゃべ》っていることの……これは何かな、そうだ爽快感《そうかい》、それがあるのです。「中身が入れかわった」とはいっても演じているのは生身の役者さんですから、どう見たってそれは「ナヨナヨとした男の子」と「乱暴で行儀の悪い女の子」です。が、違和感バリバリかと思いきや、かえってそれが新鮮で、物語の終盤、元に戻った後の二人を見たときの気分は安堵《あんど》ではなく寂しさ、「ああ、もうあのステキな二人は消えちゃったんだなあ」だったりします。ずっとあのままでもよかったのに、なんてね。

さて、読み物のほうの『おれがあいつであいつがおれで』では、一夫と一美は小学六年生です。初出は六年生の学年誌（「小６時代」一九七九年四月号〜八〇年三月号）ですから、読者対象も六年生だったことになりましょう。

六年生というのは微妙な年頃ではあって、なにしろ第二次性徴期の真っただ中ですから、自分のからだの変化は大きな関心事です。しかしながら、オトナかコドモかといえば、六年生はコドモです。偉そうなことはいってても、背中にはまだランドセルをしょっているのです。

そんな年頃の子どもが、いきなり肉体を取りかえられてしまう。二人にとって、それは何を意味するのでしょうか。

異性と入れかわったため、性別にばかり気を取られがちですが、彼らの悲劇その1は、親と引き離され、よその家庭で暮らさなければならなくなったことです。だれより自分を愛していたはずのママに「あなた、だれなの?」といわれ、「かってに、ひとのうちへはいりこんで、なにするのよ!」と怒鳴られ、「あなたは、うちのむすこじゃありません」と宣告される。子どもはひとりでは生きていけません。親に拒否されたら、いやでも「あいつのふり」をするしかないのです。

悲劇その2は、「自分の肉体をひとにあずけている状態」になっていることです。と同時に彼らは「自分のじゃない肉体をあずかっている状態」でもある。自分の手元にはない自分のからだは気になるわ、あずかっているひとのからだに対する責任は生じるわ、ややこしいことこの上ない状態です。

ここまで来て、やっと性の問題が浮上します。二人の悲劇その3は、そう、「慣れていない性」を演じなければならなくなったことです。大人に比べたら、六年生の性差なんてたいしたことはないはずです。けれども、周囲はそれをほっとかない。服装、ふるまい、ことば遣い、ことあるごとに男の子には「男の子らしさ」を、女の子には「女の子らしさ」を求める社会規範を、学校で、家庭で、地域で、二人は身をもって体験することになります。いや、周囲だけではなく、彼ら自身も、自分になりかわった相手の言動が気になって仕方がありません。

「なにいってんだ。おまえこそ、そんな、オカマみてえな調子はやめろよ。いいか！一夫ってやつは、ちいとばかり、頭が悪くて、つらのほうもさえねえけど、男の子なんだぞ！　いいか、チンポコのついてる、男の子だってことを、忘れてもらっちゃ困るぜ！」と一美に文句をいう一夫。

「なにいってんのよ！　斉藤一美っていう女の子だって、もうちょっと、おしとやかで、チャーミングなのよ。なにさ、その頭は。まるで、かみなりの娘みたいじゃないの。きちんと、ブラッシングしなさいよ。それから、パンツは、ちゃんとはきかえた？　パンツは、毎日はきかえてくれなきゃ困るわよ」と一夫に抗議する一美。

悲劇的な状況と申しましたが、悲劇と喜劇は紙一重、読み物としてのおもしろさを追求した『おれがあいつであいつがおれで』は、それをあくまでコミカルに、ユーモラスに描いています。

ひょんなことから校長先生の弱みをにぎったり、教室でひともんちゃくあったり、一美のボーイフレンドがたずねてきたり、法事の後に危ない目にあったり、多彩なエピソードをつなぎながら、物語は軽快なテンポで進みます。

大人も子どもも互いをしょっちゅう殴ったり蹴《け》ったりし、そのへんはまあ賛否両論あるところでしょうが、卑劣なヤカラが二人にやられる場面はスカッとしますし、性的な関心が芽生えはじめた年代の子どもたちにとって、異性のからだをのぞき見るような場面は、ちょっぴりエッチでドキドキしたことでしょう。逆に、当時のＰＴＡは「ふざけている（怒）」と思ったかもしれません。

いずれにしても、『おれがあいつであいつがおれで』が時代を先取りした物語であったことは特筆しておくべきでしょう。

『おれがあいつであいつがおれで』が書かれた七〇年代の末、「ジェンダー」ということばはまだ一般的ではありませんでした。「ジェンダー」とは生物学的な性とは区別した「社会的・文化的につくられた性」くらいの意味ですが、もっと単純に「男らしさ」「女らしさ」のことだと考えてもいいでしょう。七〇年代は「らしさ」について懐疑的に考える人が少しずつ出てきた時代です。でもそれは、限られた一部の人だけで、「らしさ」の規範はいま以上に強かった。

斉藤一夫は単純でケンカっ早い男の子ですが、けっして天性の乱暴者ではありません。斉藤一美も口では「自分はおしとやか」といっていますが、転校生として教室にあらわれたときの言動でもわかるように、実際には快活で、男の子をやりこめるような気骨のある女の子です。しかし、そんな二人でさえ、からだを取りかえられたら、「らしさ」にしばられずにはいられない。一夫はしみじみ考えます。

おれは、ひと夏の経験で、こりごりしてしまったのだ。女の子というものは、ものすごく不便だ。いつもからだを清潔にしていなくちゃならない。パンツいっちょでひっくりかえっているわけにはいかない。月に一度は神妙にしていなくちゃならないときがある。しょっちゅうヘアブラシをかけなくちゃならない。やたらに台所の仕事をさせられる。やたらに行儀よくしなさいといわれる。やたらに愛想をよくしろといわれる。それにふと気がつくと、いつも男どもにじろじろ見られている。

「女の子」というジェンダーに彼は気づいてしまったわけですね。

「おれ」という一夫の一人称で書かれた『おれがあいつであいつがおれで』は、男の子の側から見た「入れかわりの物語」です。一美の側から見た「あたしがあいつであいつがあたしで」の物語も読んでみたい気分にかられますが、彼女もまた「男の子というものは、ものすごく不便だ」と感じたはずです。

しかし、勘違いしてはいけません。『おれがあいつであいつがおれで』は「だから男は男らしく、女は女らしくしているのが幸せなのだ」というメッセージを発しているわけではないのです。物語の終盤を読み直してください。「男」「女」という立場を超えて、やがて二人は、個人としての一夫、個人としての一美の魅力に気づき、相手のために何ができるかを考えはじめる。このお話が単なる喜劇ではなく、悲劇でもなく、読者に訴える力をもつのは、この部分があるからではないでしょうか。

ジェンダーという概念について人々が考えるようになったのは、九〇年代のはじめ頃からです。その過程で、もって生まれた性に違和感を感じる人（いわゆる性同一性障害）などもクローズアップされ、性の規範はかつてに比べれば流動的になってきました。一夫や一美が感じた「生きにくさ」を実際に感じながら暮らしている人もいることが遅まきながら理解されてきたし、ことば遣いひとつとっても、男の子と女の子の差は、この当時の一夫と一美よりは縮まっています。

しかし、いまの社会なら、はたして入れかわった後の一夫や一美をすんなり受け入れることができるのか。性差より個体差を尊重できるほど、日本の社会は成熟したのか。そのへんは、改めて考えてみる必要があります。物語の中で性が入れかわった子たちには、みんな素直に声援をおくるのにね。

山中恒は徹底して子どもの側に立つことで、戦後の児童文学界をリードしてきました。「児童文学」というかしこまったことばを嫌い、「児童読み物作家」という肩書きを名乗るようになったのも、そんな意思表明のひとつといえましょう。

「らしさ」がもっとも強く強要されるのは、じつは戦争の時代です。男は兵士として武器を持つことを要求され、女は銃後で子を産み育てることが求められる。男は国を守る、女は家を守る、それが戦争です。『おれがあいつであいつがおれで』が発表された頃、山中恒は自らの戦争体験に取材した『ボクラ少国民』という大部のノンフィクションを書き上げたばかりでした。そのタイミングで男女の「入れかわり」の物語が書かれたことの意味は、けっして小さくなかったように思われます。ま、そんな面倒くさいことを考えなくても、十分にこれはおもしろい物語なのですが。

おりしも二〇〇七年の夏には、『転校生』の大林監督が二十五年ぶりに自らリメイクした新しい映画『転校生　さよならあなた』が公開されます。今度はどんな一夫と一美が出現するのだろうと期待しながら、『おれがあいつであいつがおれで』が持つ、シンプルだけれど奥の深い物語の力に改めて感嘆せずにいられません。

二〇〇七年四月

本書は、一九八〇年六月旺文社、一九九八年七月理論社より刊行されたものを文庫化しました。

おれがあいつであいつがおれで

山《やま》中《なか》 恒《ひさし》

平成19年 5月25日 初版発行
令和 2 年 6月30日 9 版発行

発行者●郡司 聡

発行●株式会社KADOKAWA
〒102-8177 東京都千代田区富士見2-13-3
電話 0570-002-301（ナビダイヤル）

角川文庫 14698

印刷所●株式会社KADOKAWA
製本所●株式会社KADOKAWA

表紙画●和田三造

●お問い合わせ
https://www.kadokawa.co.jp/（「お問い合わせ」へお進みください）
※内容によっては、お答えできない場合があります。
※サポートは日本国内のみとさせていただきます。
※Japanese text only

ISBN978-4-04-141703-4 C0193

◆◆◇

角川文庫発刊に際して

角　川　源　義

第二次世界大戦の敗北は、軍事力の敗北であった以上に、私たちの若い文化力の敗退であった。私たちの文化が戦争に対して如何に無力であり、単なるあだ花に過ぎなかったかを、私たちは身を以て体験し痛感した。西洋近代文化の摂取にとって、明治以後八十年の歳月は決して短かすぎたとは言えない。にもかかわらず、近代文化の伝統を確立し、自由な批判と柔軟な良識に富む文化層として自らを形成することに私たちは失敗して来た。そしてこれは、各層への文化の普及滲透を任務とする出版人の責任でもあった。

一九四五年以来、私たちは再び振出しに戻り、第一歩から踏み出すことを余儀なくされた。これは大きな不幸ではあるが、反面、これまでの混沌・未熟・歪曲の中にあった我が国の文化に秩序と確たる基礎を齎らすためには絶好の機会でもある。角川書店は、このような祖国の文化的危機にあたり、微力をも顧みず再建の礎石たるべき抱負と決意とをもって出発したが、ここに創立以来の念願を果すべく角川文庫を発刊する。これまで刊行されたあらゆる全集叢書文庫類の長所と短所とを検討し、古今東西の不朽の典籍を、良心的編集のもとに、廉価に、そして書架にふさわしい美本として、多くのひとびとに提供しようとする。しかし私たちは徒らに百科全書的な知識のジレッタントを作ることを目的とせず、あくまで祖国の文化に秩序と再建への道を示し、この文庫を角川書店の栄ある事業として、今後永久に継続発展せしめ、学芸と教養との殿堂として大成せんことを期したい。多くの読書子の愛情ある忠言と支持とによって、この希望と抱負とを完遂せしめられんことを願う。

一九四九年五月三日

角川文庫ベストセラー

バッテリーIII
あさのあつこ
三年部員が引き起こした事件で活動停止になった野球部。部への不信感を拭うため、考えられた策とは……。大人気シリーズ第三弾！

ぜんぜん大丈夫
静と理恵子の血みどろ絵日誌
伊集院　静
西原理恵子
競馬に競輪、麻雀に海外カジノ。飲み、打ち、旅する無頼派作家と人気漫画家の捨て身のツッコミイラスト！　人気シリーズ、ますます好評の第3弾！

見仏記
いとうせいこう
みうらじゅん
セクシーな観音様に心奪われ、金剛力士像に息を詰め、みやげ物買いにうつつを抜かす。珍妙な二人がくりひろげる〝見仏〟珍道中記、第一弾！

見仏記2
仏友篇
いとうせいこう
みうらじゅん
見仏コンビがまたまた登場！　あるときは四国でオヘンローラーになり、あるときは佐渡で親鸞に思いを馳せる。ますます深まる友情と絆！

見仏記3
海外篇
いとうせいこう
みうらじゅん
見仏熱が高じに高じて、とうとう海外へ飛んだ見仏コンビ。韓国、タイ、中国、インド、そこで見た仏像たちが、二人に語りかけてきたこととは。

見仏記4
親孝行篇
いとうせいこう
みうらじゅん
ひょんなことからそれぞれの両親との見仏の旅「親見仏」が実現。いつしか見仏もそっちのけで、親孝行の意味を問う旅になって……。

冷静と情熱のあいだ
Rosso
江國香織
十年前に失ってしまった大事な人。誰よりも深く理解しあえたはずなのに——。永遠に忘れられない恋を女性の視点で綴る、珠玉のラブ・ストーリー。

角川文庫ベストセラー

角川文庫ベストセラー